U0798332

新时代工业文学（职工文学）出版资助项目

驻山情关

闫少良◎著

中国工人出版社

目录

序言

2019年7月7日，农历己亥年小暑，闫少良同志约我阅看他运筹10多年、倾心笔耕18个月完成的《情驻关山》书稿清样。

我用8天通读了4遍书稿，感受颇多。该书稿约10万字，详尽地记述了国家首批工役制工人赴云南修筑国防公路的战斗历程。1965年，中共鹿邑县委、县政府响应党中央和伟大领袖毛主席的号召，奉命组织派遣206名工役制工人（编制序列为工程1013连）奔赴云南修筑国防公路。本书从侧面再现了在那个激情澎湃的年代中，祖国大建设的火热情景；人民听党话、跟党走，哪里需要哪安家的高度自觉；对同志亲如兄弟，对工作满腔热情的精神风貌。闫少良同志在3年的筑路工程建设中作出了积极的贡献，经受了艰苦的磨炼和考验，增长了知识和才干，成长为施工三连的一名领导干部，被评为当年云南省“学习毛主席著作积极分子”。

几十年来，闫少良同志始终不忘在云南筑路的战斗岁月，时刻思念当年同吃、同住、同劳动的战友和首长，一直想创作一部关于国家首批工役制工人服役期间，领导和战友奋战3年，圆满完成云南修筑国防公路任务的书以作念怀，这也是他的终生心愿。基于此，闫少良同志在认真回忆当年情景的基础上，多次赴开封、鹿邑等地寻访当年的战友，先后组织8次座谈会和几十次的电话采访。在大量翔实的素材基础上，伏案18个月完成写作，在征求多位战友的意见后，将书名定为《情驻关山》。

闫少良同志运用纪实手法进行写作，以精练的诗句穿插其间，使书稿在纪实叙事中不乏生动活泼；书中叙事逻辑严谨、语言精练顺畅、因果关系清楚、时间节点前后照应、人物刻画生动鲜活，让人有想一口气读完的欲望。闫少良同志已年近八旬，能把半个世纪前发生的事情记述得如此详细、真实，实属难能可贵。我想，这一定是胸怀和情感所致吧！

我与闫少良同志都来自老子故里——鹿邑。20世纪60年代，他由周口地委统调周口市参加民主改革运动，后转做公安工作。我于1990年3月从中共鹿邑县委调任周口市（县级）市委副书记、市人大常委会主任，因工作关系我们相识，算起来已有30余年了，他年长我7岁，是兄长。由于在岗时的工作关系及退休后我们又相邻而居，闫少良同志的人品、才干都在我心中留下了深深的烙印：在工作中，闫少良同志被称为“老黄牛”，1992年升任为周口市（县级）公安局副局长；工作之余，他善于学习，围绕工作和生活撰写诗歌、杂文以及新闻报道等，在多种报刊上发表；在生活中，他尽善孝道，热爱家庭，十几年来服侍、陪护双亲和体弱多病的妻子，直到他们相继去世，家风淳朴，教子有成……每当我在市区的人行道上或人民公园的绿荫小道上看到满头银发的他精神百倍地行走，有时还哼着豫剧小调时，崇敬之情便油然而生。他是一位品行端正的好人，是一位奋斗不息的强者。

《情驻关山》是闫少良同志倾心打造的一部记叙战友情谊的回忆录，一部记述中华人民共和国建设历程的长篇史诗。它承载着闫少良同志和他的战友们在那个风华正茂的年代里的理想和奋斗足迹，是一部“不忘初心，牢记使命”，彰显正能量的精品力作，我热盼它的面世！

李龙福

2019年7月

第一章　奉命远征赴边陲

1965年，对于征集工役制工人修建云南国防公路这个决定，伟大领袖毛主席高度重视，在征集动员宣传阶段，各级领导口头传达毛主席对西南地区建设的指示："如果西南的路修不通，我要骑着毛驴去看你们。"足见毛主席对这件事的重视程度。

1965年6月22日，征集的河南省鹿邑县首批工役制工人按上级指示精神，集中在县政府招待所北院待命。连队建制206人，其中工役制工人200人，带队干部6人。应征工人的条件是男性38岁以下、出身好、身体健康的复员军人和部分20岁以上的民兵骨干。干部由县委组织部选调，任命连长、指导员以及分管工程、财务、材料、卫生方面工作的4名干部。当晚，县长吴彦和县政府办公室主任吴宗仕设宴为我们6名同志送行，并做了带队出征诸事的安排。工役制工人享受三个“半”待遇：“半服役，半供给，半工资制。”工人和干部家庭均享受军属待遇。不难看出，这是一支既能生产劳动，又能扛枪打仗的队伍，是支援越南人民正义战争，保卫祖国西南边防，打击、震慑国民党遗散流寇的坚强力量。

1965 年 6 月 23 日，在陇海铁路线上，从河南商丘西行的一列专列汽笛长鸣，徐徐启动，应征于商丘地区各县的首批工役制工人带着祖国的重托，就要离开故土奔赴万里之外的云南了，眼望家乡熟悉的景物，同志们心潮澎湃，脸上洋溢着幸福的微笑，挥手向故乡告别；凝望着家乡小城风貌，一草一木渐渐隐去。当时，大家思绪万千，既有此行万里、今日一别何时还的感慨，又有与妻儿老小离别后的牵挂，更有男儿有志赴边关、功名不就誓不还的壮志豪情。为缓解大家的情绪，指导员李天增让我领唱《东方红》，把大家离别家乡的心拉回车厢。一曲曲嘹亮的革命歌曲，与车厢里战友们激昂的斗志融为一体，震撼着奔驰向前的列车。

河南商丘、开封两个地区征集入伍的战友隶属工程团，番号为云南省公路十团。鹿邑连为云南 1013 工程连，也就是十团一营三连。连长朱宝学，指导员李天增，工程员潘兴武，财务员罗永太，卫生员何培信，我是材料员。

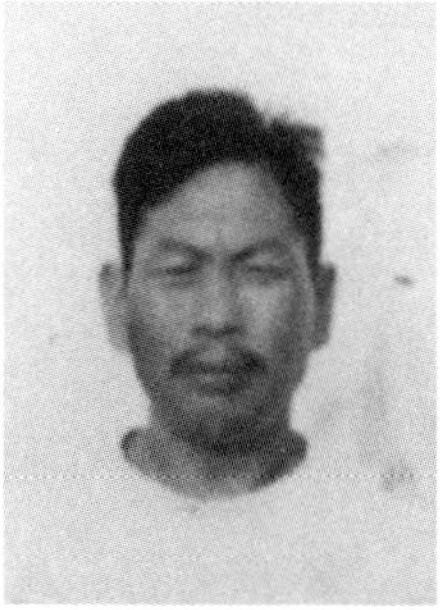

朱宝学

李天增

潘兴武

罗永太

何培信

闫少良

征集动员期间，我们对国际形势仅是一知半解，只知道当时越南人民的反帝斗争非常激烈。社会传言很多，如征集这支工役制队伍是支援越南人民抗美救国战争的。现在战争进入紧要关头，我们只能出便衣队伍支援。听十团医院的同志讲，在动员应征时，要准备到援越抗美的战场，以开封市人民医院为主征集了 28 人的抗美援越医疗队。还有人讲，当时到广西就可以看到枪炮林立，待命出发了。也有人说，这支队伍既要修路又要打仗，还要保护西南边疆人民，震慑国民党遗散余匪。听到这些话，我心想：真的要赴战场参战了。我那时 25 岁，年轻力壮，和这批工人的想法一样，能上前线打仗或在深山老林为民除害，围歼顽敌，是至高无上的使命，也是每个热血青年保家卫国的责任担当。想到这些，我顿时热血沸腾。

这批同志，绝大多数都没出过远门，即便是当过兵的也没有到过云南，甚至还有很多人没见过山，更没有跨越过长江、黄河。火车沿京广线南下，走出豫中平原，就可以看到隐隐约约的青山了，青山虽远，但给人近在咫尺的感觉。遥望着远山，心潮起伏，恨不得把大山搂在怀中。山那么巍峨，紧挨着云层，躲在云雾中，一点儿也看不清她的真面目。恨车速过快，壮丽的嵖岈山还没收入眼帘就过去了。若不是带着远征的使命，我们非走进它，登上顶峰，尽览秀色美景不可。

列车驶出信阳，接踵而来的山连着山，水接着水：崇山峻岭接天涯，山石峥嵘夹道迎，条条银龙舞山涧，绿水荡漾碧波生。一幅幅动人的画卷映入眼帘。就在众人静览祖国大好河山的时候，车厢里突然传来哭声，大家循声望去，是二排六班战士陈学亮哭了。二排长马占臣、六班长刘子让立即上前询问情况，指导员李天增和几个连队干部也都上前劝说和了解情况，小陈哭着说：“在家没见过山，光想着看山。这走几天都是山，离云南还远着呢，今后咋回家……”小陈是我连最小的同志，这次为应征，他虚报两岁。不过，他在民兵连表现得很好，是优秀射手。从来没离开过家，没离开过爹娘，还是一身娃娃气，想家了。指导员李天增拉着小陈的手说：“每个人都有一个成长的过程，我当兵的时候离开家乡也哭过鼻子，但要想一想，虽然离开了父母这个小家，但融入的是我们连队这个大家。这些同志都是你的兄长，还有什么困难不能战胜的吗？我们是响应毛主席号召支援国防建设的战士，是为家乡的父老乡亲争光去的，家乡人民都在看着我们呢！”指导员李天增站起身来，招呼大家共同唱响《毛主席的战士最听党的话》，歌声回荡在车厢里，萦绕在众人心里。大家精神振作了，小陈也笑了。一路山水一路歌，广西山水娇娥多。

专列行到贵州安顺，因铁路不通，改乘汽车前进。汽车行至安顺西南一个山坡上，突然上方闪现出“烈士陵园”四个大字。陵园山地开阔，松柏林立，看着壮伟的烈士陵园，让人不禁联想起工农红军在艰难的长征路上，面对国民党来势凶猛的围追堵截。在辗转迂回的战斗中，牺牲了成千上万名红军将士。鲜血洒遍了这片土地，有他们血肉的奠基，我们才有今天，先烈们豪气永存垂千古，于是我写下赴云南途中第一首感怀小诗。

《车过安顺烈士陵园》

阴风凛冽千丈暗，华夏鬼怪舞蹁跹。
为酬壮志托日月，英雄献身此长眠。
送别同志长征路，改地换天心坦然。
豪气永存垂千古，我辈承志扶轩辕。

由贵州安顺转乘汽车后继续前进，到达云南沾益后又换乘专列直达昆明。

专列、专车日夜兼程，从河南商丘出发，耗时近9天到达昆明。在没有来云南昆明之前，听很多人说起祖国大西南之春城昆明，四季如春，到昆明后果真看到一派生机勃勃、美丽如画的景色。下车后住在昆明饭店，在市里学习、游玩、整理内务，适应气候环境，休整待命，离领受具体任务还有三天时间。

昆明市不仅有四季如春的自然之美，而且市容市貌井然有序。我们三五成群步行在大街上，市民看着穿着统一制服，不知是哪方面的队伍和客人，惊奇而兴奋，热情地与我们交谈。一说起我们从河南来，是国家首批工役制工人，来云南修筑国防公路的，市民们都热情相待，并起了三分敬意。昆明的水果新鲜多样，有很多水果北方就没有见过，更没有吃过。尽管当时同志们的月工资才七元五角，也毫不吝啬地买点尝尝鲜。有几名同志买一个菠萝，付款后，拿起就要啃，营业员笑着说："唉！唉！不能那样吃。"她接过菠萝，用刀子削皮后又挖切成块，然后请大家品尝。还有的同志买了些荔枝，在营业员的噤声下连皮都吞下肚了。在昆明的大街上因吃水果闹了不少笑话。

到昆明的第二天，在工人文化宫，云南省委、省政府为十团首批工役制工人举行了欢迎仪式，并致欢迎词。介绍了云南诸方面的情况和人情风貌，讲述了工役制工人来到云南修筑国防公路的任务，以及修建好云南公路与有力支援越南人民反帝斗争的紧密关系。还讲到云南在解放战争时期，国民党溃败，遣散了众多旧军人的残余势力，阶级斗争相当复杂，要同志们保持高度警惕，保卫大西南，建设大西南。云南是少数民族最多的省份，与全国的情况相比，有些地方还很落后，要尊重各族人民的风俗习惯，团结各族人民，一定把云南国防公路修好，为巩固国防、造福西南人民奉献力量。云南省委、省政府欢迎你们！云南各族人民欢迎你们！

公路十团团长张兴周致答谢词，并代表十团全体干部工人表了决心。遵照中共中央、国务院的命令，按照云南省委、省政府的要求，发扬我党我军大无畏的革命精神，突破任何艰难险阻，保质保量按时完成省委、省政府交付的光荣任务。欢迎仪式在《团结就是力量》的歌声中落下帷幕。

在昆明接受任务后，同志们理发、洗澡，一身轻松。几天来尽情饱览了春城景色，第四天乘车向元谋第一段工地进发。元谋位于昆明西北方，也就是发现古代猿人最早的元谋县。三连具体施工位置在元谋县东部，马头山下的马头山村。马头山村是马头山绵延数百里上下唯一有崎岖通道的村庄。村里住着不足百户人家，分上村和下村，靠近山脚的叫上村，离山脚远点的叫下村，中间有一条小河相隔，河上通道有座桥，桥很窄，可单向行车。三连的200多名同志按班、排分散住在群众家里，连队队部设在河的下游，紧靠代销点。队部的住房好像是代销点原来的库房，有比较宽敞的院子，队部向上越过道路的山坡上有棵两个人都合抱不拢的古槐。炊事班伙房设在小河一侧桥的上方。那里原是一个打谷场，打谷场原有的一排房为炊事班所用。三连的驻地算是好的，有村庄人家、流水、小河。山顶和山腰的几个连队全部住的是白色的帐篷。

第二章　首战拿下马头山

驻地就绪，我们按照上级规划的路段、修建标准开始施工。施工的工具还是原始的洋镐、铁锤、钢钎、铁锹等。开工不久，首次面临一场与淫雨恶水的激战。马头山的气候虽然没有暑季的酷热、冬季的寒冷，但六七月份是雨水过盛的季节，可以说是“淫雨霏霏、连月不开”。

马头山属云贵高原的下等地质，荒山秃岭，略生草木，有很多地方连草木都不生，是一望无际崎岖不平的赤土莽原。阴雨天，山沟里淌的是赤红色泥水，这就给人们吃水带来了极大困难。把这赤红的泥水引进食用大水池，加矾等药物澄清需要三四个小时，在水比较清亮时烧水、煮米、洗菜、炒菜。不少同志到马头山后出现水土不服的情况，起初只有少数人拉肚子，后来拉肚子的同志越来越多，这可忙坏了卫生员何培信同志，严重脱水的同志在卫生室输液，躺在床上的同志得专门抽人送药。何医生日夜忙个不停，后来拉肚子的同志的病症好像有传染性，70%以上的同志都拉肚子了，连队及时向上级报告，请求救助。上级部门及时派医送药，团医院穿白大褂的来了3人，经过四五天的抢救，仅剩下十几个重病号被送往团医院治疗。由于上级的重视，派医送药，抢救及时，我们才得以很快挽回危局。为解决吃水问题，上级增派了拉水车，选择从20多里外的干净水源运食用水。通过医疗和改善食用水，同志们水土不服的情况越来越少，慢慢地恢复了体力，由原来病号剧增、处于停工状态逐渐走向复工。

连队为了把前段疾患耽误的时间、停滞的工程赶回来，按时完成上级交给的施工任务，连长朱宝学、工程员潘兴武对驻地阴雨气候，向当地群众做了调查。当地群众讲，这正值雨季，天天下，有时二三十天见不到太阳。面对这种情况，支部召开了会议，研究如何应对淫雨恶水的环境。经讨论，大家一致决定，顶着淫雨恶水继续干，干部全赴第一线，创建远征开门红，同美国佬抢时间。也就是以实际行动提前修建好国防公路，支援越南人民的解放斗争。另外，大家又讨论了要想大干工程，必须做好生活保障，管理后勤的财务员罗永太同志讲，加强生活调剂管理，保障饭菜充盈，让同志们在现有条件下吃饱吃好。在雨天乍冷的情况下，中午、晚上每人增加一碗酸辣汤驱寒。

支部会后，随即召开了“战淫雨斗恶水抢时间加油干动员大会”。会上，指导员李天增做了“雨大下、人大干，与美国佬抢时间”的动员报告，连长朱宝学对三个施工排的重点任务做了安排，并强调安全施工以及在淫雨天安全施工的注意事项，全连同志同仇敌忾，斗志昂扬，披蓑提镐，走向施工现场。迎着风吼雨啸的琴韵，奋力劈山削岭。撬石、击石、运石、挖土、运土，在风雨中将路基筑好、垫牢，掀起一股争先恐后、干劲冲天、热闹非凡、顶着淫雨恶水大干的施工热潮。

凭借如此拼命的精神，我们顶着淫雨恶水大干苦干，不但挽回了被群疾群病耽误的施工时间，还比第一段工程的竣工期提前了一个多月完成任务。赴云南首战告捷，我们赢得一个开门红的战斗。

马头山上乌云织，马头山下雨泼急。

阴风怒吼暑生寒，山洪咆哮似卷席。

筑路健儿冒风雨，镐钎铿锵助琴力。
劈山削岭踏平路，蓑衣内外两流滴。

前面说过，山顶和山腰的几个连队全部住的是白色的帐篷，从山下看去，一排排白色的帐篷映入眼帘，实在微妙。晴日，白云在帐篷上游意飘洒，云篷相映。在太阳光照射下雪白闪亮，千姿百态，辉煌掠影，疑是仙山琼阁。雨天，从山顶往下看仿佛海市蜃楼，但帐篷中的健儿感觉此地不妙，疑是雷公、电母发威时兴风行雨的可怕源地。

当时还写有几首难忘的“帐篷曲”：

《帐篷曲一》

排排帐篷立云端，筑路健儿云中旋。
劈山削壁引大道，竞赛红旗满山间。
筑路健儿胆气豪，前沿阵地兴科研。
力摘山帽抢时间，请求上级做运算。
掀山开路平常事，誓同美帝对着干。

一镐镐，一锹锹，筐筐土石往外搬。
一锤锤，一钎钎，块块顽石自破瘫。

击石挖土开洞道，筑路健儿挥汗颜。

锤击镐铣连一片，筑路健儿拼命干。
初起双手满血泡，日后老茧复新茧。

血汗流，洞道善，上吨炸药往里填。
万事齐备红旗展，一声轰隆震苍寰。
一片怒烟上青天，掀土滚石齐声唤。
一座山包摘了帽，一段路基铺人间。
排排帐篷立云端，筑路健儿变山颜。

《帐篷曲二》

排排帐篷立云端，健儿上了马头山。
荒山野岭越万年，赤屺秃崖凉瘆瘆。
雨天红水沙杂拌，篷漏地透踏泥丸。
衣被湿漉透骨寒，筑路健儿常暖干。

淫雨霏霏苦连连，雨水多，食无缘。
水车难爬山，一桶一桶往上掂。
刮水干饭难下咽，兰花豆煮熟撒上盐。
当作主菜就米餐，尝点果蔬难上难。
天天冒雨抢时间，健儿个个唇裂干。

病号不断往上添，虽苦不言拼命干。

大病卧倒方问医，小疾从不下火线。

拼到荒山变通途，誓让领袖笑开颜。

十团一连驻扎在马头山上的白路镇以西，一部分同志住在小山村群众家里，一部分住在白色帐篷里。

在淫雨霏霏、连月不开的日子里，许多同志因此出现了水土不服的症状，不仅拉肚子，还发高烧。团医院派郭玉芳、王玉珍二人前往一连巡诊治疗，她们经半天跋山涉水，冒着雨来到了连队。刚到连队，就向卫生员了解情况，一起检查、诊治病号，对既拉肚子又发烧的 20 多名重病号进行输液治疗，病症轻点的打针、服药。然后，建议连长、指导员指定专人对水池和伙房进行彻底的清理消毒，并介绍了其他连队的做法。在这雨多生寒的特殊天气里，每人在每天中午和晚上增加了一碗酸辣汤，驱寒保暖、健胃益体，缓解病号的症状。

团医院的郭玉芳、王玉珍二位女医生的到来，对治疗同志的病帮助很大，这是一件振奋人心的事。可是，连队帐篷里住的都是男同志，没一点儿空余地。两位女士晚上住在哪儿成了大问题。由此，又引出一段让人惊心动魄的故事。

郭玉芳

王玉珍

一天下午，指导员让财务员到小山村群众家里找房子，可村里住满了连队的同志，找来找去连一间能住的房子也没找到，那天还一直下着雨。后来，财务员联合生产队长帮忙一起找，可一连走了六七户人家，还是没找到多余的空房。这时，生产队长突然想到一个地方，村头有间扒水车的库房可以暂且安身。队长随即叫来保管员，拿钥匙打开了扒水车库的门，房内除了一台扒水车外，其余的都是空地，虽然积了一层厚厚的灰土，但粗略洒水打扫后也还干净，前后均可安置床位。

下午，财务员和后勤的几位同志在村头扒水车库里安装了床板，整理了铺盖，以备二位女医生晚上休息。晚上9点左右，等重病号的吊瓶都输完，指导员和财务员等三人提着暖瓶，拿着手灯冒着丝丝细雨，把劳累一天的玉芳、玉珍二人送往扒水车库休息。蜡烛点亮后可以看到，房内除一台扒水车外，也很干净利落。于是，玉芳、玉珍送走了指导员等三人，感到很疲惫，就上床休息，一会儿就睡熟了。

但好梦不长，熟睡不到半个小时，玉芳就被门外恶狼的嚎叫声惊醒。听到狼的扒门声和小狼崽的尖叫声，两人觉得情况不妙。玉芳立即打开手灯照射房门，看到门关得很好，翻身下床用手检查，发现门很牢固，又随手把扒水车上的木棍抽掉两根顶在门上。这时，玉珍也被惊醒了，听到这可怕的狼嚎声，心里害怕极了。玉珍比玉芳小几岁，是刚踏上工作岗位的学生，在号召征集援越抗美医疗队时积极报名入伍，还没经历过什么大的事情，她心惊肉跳地问玉芳："姐！这是啥在叫？"玉芳说："是狼！狼来袭击我们了！"玉珍听说狼来了，心里更害怕了。玉芳说："玉珍，不要怕！咱们想办法赶跑它们。"玉芳、玉珍都迅速穿好衣服，拿着手灯从小窗户和门缝往外照射，只见五六只恶狼张牙舞爪地嚎叫着，其中两只狼的前爪在不停地扒门，看得让人心惊肉跳。如果门被狼冲破了，她们肯定是逃不掉的，这可怎么办？两姐妹极力让自己镇静下来，思考着如何驱赶狼群。玉芳拿着手灯对着一只最凶恶的狼直照并晃动着，用这种办法让狼恐惧、退缩，但效果不佳。忽然，玉珍急中生智，她迅速拿起瓷脸盆，用木棍猛烈地敲打着，瓷脸盆发出惊人的响声，“咣、咣、咣”，这还真镇住了头狼，吓得它掉头就跑，一会儿，其他几只狼也跟着迅速逃跑了。门外恢复了平静，细微的雨丝滴落的声音又传入耳内，显得亲切。此时，两人开始埋怨起自己来，来一连时，院长让带支枪，两人都嫌步枪太长、太重，没有带，要是真带杆枪，狼再多、再恶咱也不怕了。

玉芳、玉珍用手灯又照了下门外，看没有了狼的踪迹，就躺回床上准备睡觉了。本来，经过一场与狼的斗智斗勇，两人又紧张又受到惊吓，好长时间两人说着话没敢睡，实在困得不行就昏昏沉沉地睡着了。可刚刚入睡，野狼又来了，嚎叫、抓门、撞门，又加上小狼崽的尖叫，恐怖极了。此时，单薄的门被撞得咚咚直响，仿佛比上次来得更加凶猛，大有不把门撞开誓不罢休的阵势。玉芳、玉珍又拿着手灯去照，见这次有两只大狼在撞门，一只狼崽跟在后面。见手灯照来，老狼理也不理，只顾用凶猛的前爪撕撞着房门。玉珍又用劲敲打瓷脸盆，发出巨响，可这次两只恶狼根本不理。门被它们撞得摇摇晃晃，若不是加棍顶住，就可能被撞开了。

狼这么凶恶难敌，对外又无处求援，怎么办？玉珍对玉芳说："姐，狼要真的进来了，我们还真打不过它们，那不就得等着喂狼啊。"玉芳说："我们一定要想办法除掉狼，大活人咋能喂狼，要是我们真的喂了狼，明天我们俩的名字就响了，报纸会传遍整个大西南。"说着，玉芳轻声问："玉珍，药箱里还有多少安眠片？"玉珍说："来时我刚领了一瓶。"玉芳说："那就好！我们就叫恶狼睡觉吧！挎包里两包干粮（饼干）咱也别吃了，喂这三个家伙。"玉珍心领神会，两人计算好安眠片的剂量，在瓷盆里将药和饼干用热水搅拌成两大团，用饼干纸包着从窗口丢下。正在拼命抓门、撞门的两只恶狼听到有东西落下的声音，又闻到一股香味，顿时口水直流，争先恐后地抢吃起来，没等到狼崽上来就吃光了，狼崽仍饿得尖叫着。两只恶狼吞完美味，又开始恶狠狠地抓门、撞门。起初，它们劲很大，把门撞得咣咣响，后来，声音越来越小，似乎两只恶狼都没力气撞门了，也听不到喘息了，只有狼崽子继续哇哇地叫了一会儿，不久也没了声息。玉芳、玉珍会心地笑了。

第二天早上7点多，到了吃早饭时间，指导员、财务员没有见到团医院的两位女同志就开始担心起来。两人急忙向村头扒水车库方向跑去，远处有一猎人冒着小雨背着一只狼往回跑。指导员心里又惊又怕：在这山中，是狼的活动区域，我们太大意了，别让两位女同志出啥事呀！越想越怕，二人急速跑到扒水车库，见到门前狼蹄印迹纵横，就更担心了，急忙拍门喊："小郭！小王！"玉芳、玉珍被拍门声震醒，回声说："我们这就起来！"指导员和财务员两人心中的巨石才轰然落地，长长地舒了一口气，一屁股坐在草地上。

玉芳、玉珍起床收拾好后，开门请指导员、财务员进来。指导员焦急地问："野狼没伤了你俩吧?!"玉芳、玉珍相视一笑后说："要是伤了俺，还能跟您说话呀?"然后，她俩把昨晚驱除恶狼的经过给指导员、财务员两人说了一遍，听得两人眼珠子瞪得老大，并不断地伸出大拇指，一时间，不知道该如何夸奖和安慰好。

自此，两位白衣天使智勇除狼的故事很快传遍十团团部和各连队，传遍了元谋县各民族兄弟姐妹的村村寨寨。

我们首批工役制工人的建制参照的是解放军陆军建制的模式。前面提到过我们这支队伍是挥起镐锹修公路，拿起枪管来打仗的两用队伍。按照上级指示：工役制工人向解放军看齐，向解放军学习。在那个时期正掀起全国人民学习解放军的热潮。工役制工人学习解放军的内涵就是要做到既是筑路队，又是工作队、宣传队。解放军能做到的，工役制队伍也一定能做到。云南是少数民族最多的省份，很多村落地处偏远，交通不便，信息闭塞，对党和政府的政策不了解，思想比较落后。对毛主席、共产党、国家政府的声音、方针、政策、时事、大局的认知总是延迟的。当时，工役制工人帮助在群众中开展宣传工作是非常必要的。宣传工作是联系各族人民的红线和桥梁，能增强各族人民相互了解，建立友情，互相帮助，共同提高，实现工农一家亲。大家团结起来，齐心协力，共同修建好国防公路，建设更加美丽富强的大西南。

当时，三连党支部就研究决定：要组织工人宣传队向驻地周围公社、大队、村庄各族人民群众开展宣传工作。具体意见是每班选拔一名文化基础好、热爱文艺工作或有文艺特长、能接受演出任务的同志，组成十几个人的工人宣传队。指导员李天增任宣传队长，大家推选我和后勤排长任家祥任副队长。任家祥是我在农校时的老同学，比较有领导能力和讲话水平。宣传队下设两个组，一个是文艺演唱组，由指导员李天增和连队文书李永炎负责，任务是做好文艺节目的选择、排练和演出。组织排练的节目有戏剧演唱、清唱、相声、快板书、三句半、大合唱、笑话、故事等。一个是时事宣讲组，由我和任家祥同志负责，选择各报纸杂志、时事政治，尤其是毛主席、党中央的声音，紧要的国际形势，以及有关农业发展的科技知识。我们还担任着剧目的讲解任务。各种演唱和时事宣讲穿插进行，效果还好。演唱材料由到新华书店购买与自编材料相结合。我们在昆明购买了一套锣鼓家伙儿和两个大头吼道具，自筹自做了一些小型道具。宣传队节目排练时间为每周星期六，下乡演出时间为每周星期日。我们同元谋县老城等两三个公社联系，商定去离三连驻地15公里以内的十多个较大的自然村演出，小村到大村去看节目。

每次宣传队进村，在锣鼓喧天的热闹声中，大头吼秧歌舞开路。各族同胞、男女老少鼎沸涌动，夹道欢迎，到预先准备好的开阔地或打谷场落脚，整理队伍，摆开道具，由大队干部和宣传队领导讲话后开演。

一次，在老城公社演出，观众达数百人，当时演出的是《白毛女》选段中恶霸地主黄世仁逼债到杨白劳家，杨白劳无钱还债，丧尽天良的黄世仁下令狗腿子抢杨白劳闺女喜儿抵债的情景。演出时，台下突然杀出两个愣头愣脑的男青年，上台抓住“黄世仁”就打，幸亏公社、大队干部上台快，制止了两个年轻人，把他们教育一番后赶下了台。舞台下面，还有许多人流着悲愤的眼泪，叫嚷着要打“黄世仁”，在我们和公社大队干部的劝解下才收了场。

还有一次，我们在一个大队演出自编自演节目《筑路健儿英雄汉》。看到筑路健儿们冒着连月不开的淫雨，披着“内流汗水外淌雨水”的蓑衣，双手磨出血泡老茧，小病不下火线，大病看了就干，让江河搭了桥、高山让了路，荒山野岭变成通途的精神，现场许多观众都流下了感动的泪水。台上激昂的台词引发了台下的潸潸泪水。观众们呼喊口号：“工人同志们，你们辛苦了！谢谢你们！毛主席万岁！共产党万岁！”好多次演出节目已经演完了，台下还呼喊着“再来一个”，久久谢不了幕！

任家祥

三连驻马头山村按班、排分散在村民家。住在村民家是好事，但首先必须严守我军的“三大纪律、八项注意”。入驻后，连队就加强了纪律教育。每天早饭前，连队集合集体唱《三大纪律八项注意》，根据平时检查的实际情况讲评遵纪问题并提出要求。连队除了严格执行“三大纪律、八项注意”之外，还规定了必须在驻地村民家做好两件事：一是每天早起要有人员值班，把住户院内外卫生打扫一遍，保证住户卫生整洁；二是值班人员必须早起，把住户村民的水缸打满水。驻地村民对此非常开心和欢迎，从内心拥戴我们的同志，把我们的同志看成自家人。

在工人和村民融洽的生活中，我们了解到，马头山村村民缺乏文化知识，成年人多为文盲。根据我和任家祥同志的调查，马头山村绝大多数 20 岁以上的村民不识字，可谓文盲村。下村一户军属大哥的孩子从外地来了信，军属大哥在整个村子里找文化人看信，最后找到本村会计念了信，才知道了孩子在部队的情况。现在我们的同志住到他家，不出门就有人给看信了，大哥、大嫂心里乐开了花。

村民们白天下田耕种、上山砍柴，根本无时间也无兴趣学文化。我和家祥、永炎商量要办扫盲夜校，帮他们学习文化知识，扫除文盲。我们把调查情况和设想向指导员、连长作了汇报，连队很支持。为统一思想认识，连队召开了支部会，经过讨论决定在马头山村开办扫盲夜校。为办好夜校，我和指导员同大队党支部联系，共同商讨了办夜校的有关问题，并确定了学习地址、教室、黑板和灯光布置等。动员村民入学分工由大队负责，三连负责选教员、教材、教具。指导员李天增任校长，大队支书任副校长，我和任家祥、李永炎任授课教师，并由我负责组织教学工作。

在筹备工作中，我和家祥、永炎商讨了教材、教法、对学员的管理和如何调动学员的积极性等问题。当时正值全国人民学习毛主席著作的热潮时期，因此，我们确定教材以毛主席的著作“老三篇”——《为人民服务》《纪念白求恩》《愚公移山》选段为主课，有时还可加入国家、民族、党史和国际形势等内容。为提高学员的积极性，教学采取计分制，根据积分多少张榜公布。其中，积分为提问解答、作业批改和考试三部分得分总和，分甲、乙、丙三类，定时公布。

学校设置在小河窄桥的东南角，在上村一家比较宽敞的院落里。教室设在4间南北长的筒子房里，两盏汽灯保证照明。在与驻村大队商定好开学的那天，校门口锣鼓喧天，大头秧歌欢跳着，全村男女老少都来学校看稀奇。开学典礼上，两位校长讲了话，按照大队学员报名顺序编序，任家祥进行点名，到教室的学员有40多人，李永炎逐人安排座位，并发了一本《毛主席语录》作为课本。随后，校长上讲台，介绍我们3位教师与学员见面，马头山夜校就这样开课啦。

第一课由我来讲，主讲毛主席著作《为人民服务》。首先，我讲述伟大领袖毛主席写作《为人民服务》的时代背景、中心大意，并朗诵全文。《为人民服务》分三个课时。第一课先讲《为人民服务》的前两个自然段。前段讲了共产党人的性质、任务、宗旨，后段重点讲了“人固有一死，但死的意义有所不同，或重于泰山，或轻于鸿毛。看人之所为，是为什么而死？张思德同志为人民的利益而死，他的死就比泰山还重”。第一课下课后，学员提出了三个问题：一是讲得快，口音有些听不懂；二是写在板面上的少；三是作业布置得太多。

第二天，我同家祥、永炎就如何改进授课商量意见：1. 课程讲授节奏放慢，讲课发音尽量用普通话；2. 以扫盲识字认字为主，反复按笔画教写字；3. 所讲原著教材全部板面书写。我所讲的《为人民服务》由原计划三节讲完，改为六节讲完。开学后的 10 天，只要有课，我和家祥、永炎都会到课堂，主要是为了能共同掌握学员情况，听取学员意见，改进教学方法。《为人民服务》的课程结束后，由家祥负责讲授《纪念白求恩》，永炎负责讲授《愚公移山》。根据学员的接受能力等情况，不断改进授课分量和方法。后来，我们规定每节课后布置生字读写不超过 5 个字，问答题逐步有所增加；进行政治学习时，采取个人朗读和集体朗读相结合的方式。学员们的水平提高得较快，但在学习过程中也出现了不少问题，一是年龄偏大的 10 多个学员学不会、记不住、写不出来，觉得学习比登山还难，陆续掉队了；二是每逢阴雨天，山村沟深路滑，学员只能到半数或半数以上。但我们教学组规定，到一个人也要讲课，这就造成了学员成绩的不均衡。

马头山夜校从 1965 年 10 月底开学，到 1966 年 3 月第一段工程竣工，三连撤离，前后开办约计 5 个月，共有教学员 40 余人，达到脱盲、能识 300—400 字的有 20 余人，达到半脱盲的有 10 余人，中途退学识几个字或几十个字的有 10 余人。工程竣工、三连撤离前的最后一节课上，教员深情告别，学员盈泪相送。搬迁那天，十几名学员一起送来一摞他们自己书写的感谢信！面对前来送行的十几名学员，任家祥动情地说：“我们到新的工地后，会把地址告诉大家。希望你们把学习坚持下去，巩固提高，天天进步，祝愿同学们家庭幸福，身体健康！”

太阳从东方冉冉升起，将马头山村照得特别亮堂。

金秋十月，为加速国防公路建设，公路十团提出大战红十月，力争提前一个月完成入滇第一段国防公路建设。连队每三天检查各班排开挖土石方和拓出路面基础进度情况。每次检查评比公布战果，大力表彰大战红十月各单位的好人好事。十天一评选战斗标兵，月底总结表彰。统计报表、收集材料、评比结果、公布战绩、表彰材料等繁重的任务，都落在连队文书李永炎和临时抽来的义务宣传员许传苍的肩上。

许传苍，河南省鹿邑县辛集公社许瓦房村人，三连三排九班工人，中等身材偏瘦，赤红脸，有一双闪亮的大眼睛，高中文化。在三连，许传苍的文化水平是数得着的，他字写得好，为人忠厚，注重学习，对工作积极负责，吃苦耐劳，任劳任怨。大战红十月开始，连队物色一名文化水平高，能写材料、出黑板报公布战果的义务宣传员，选中了他。连队三日检查，公布战果，选写好人好事，给予张榜表扬，许传苍同志都是抽业余时间完成，从不耽误。他白天和战友们共同参加开山筑路战斗，晚上帮助文书李永炎在微弱的灯光下整理、赶写材料。1965 年 10 月 13 日，吃过中午饭，传苍不顾疲劳，在连部整理好三日战果公布材料，去连队食堂板报书写战果。途中，迎面驶来两辆军车，路面窄，车速飞快，传苍躲闪不及，被第一辆军车撞到路边山沟，军车司机连续失误，连车带人翻到对面山沟。许传苍同志被撞的消息很快就传遍全连，连长朱宝学、指导员李天增、三排长蒋文生等全连同志陆续跑到现场，看到传苍口吐鲜血，胸腹肿胀，已无脉搏和呼吸，躺卧在沟底一动不动。第二辆军车驶到现场，看到许传苍已无法救治，连队很多同志怀着悲痛、义愤抱怨和训斥军人。我和指导员李天增极力劝阻同志们，讲明解放军和咱们工役制工人是一家，肇事司机也不是故意制造的事故，现在抓紧时间解救翻车司机要紧。同志们很快拿来撬杠、铁锤，撬开车门，将两位负有重伤的同志从深沟里抬上来，送到医院救治。

许传苍同志不幸遭遇车祸与大家永别了。全连同志无不悲痛伤感，挥泪将许传苍同志遗体抬到连队食堂边一间刚整理好的库房里。下午天黑前，解放军部队领导，工役制十团团长张兴周、政治部主任刘志兴、营长付汉洲、教导员王兆荣等各单位领导和同志来到三连驻地，勘察、了解事故发生过程，看望和礼祭了许传苍同志遗体，商议事故处理原则、办法等具体事宜，决定于14日上午由一营和三连负责许传苍同志遗体的安葬工作。

连长朱宝学、指导员李天增、潘兴武、罗永太和何培信几个同志对墓地进行了选址。许传苍同志是为修筑云南国防公路，为宣传大战红十月而牺牲的，我们决定将许传苍同志埋在马头山下新开路基上面的山坡上，那里能看到我们亲手修筑的大道，听到来往车轮的歌声。

财务员罗永太同三排长蒋文生同志到元谋县为许传苍同志买了棺材和一些祭品。第二天中午在一营副营长王国亭的主持下，举行了许传苍同志的葬礼。指导员李天增致了悼词，将许传苍同志葬在了马头山下新开公路上面的山坡上。

为响应党的号召，许传苍同志应征首批工役制队伍来到云南修筑国防公路，在休息时间忘我工作，不幸遭车祸遇难。这种忘我工作的精神是难能可贵的！是值得学习的！他是为人民的利益而死的，按照毛主席说的，他的死“就比泰山还重”。后来许传苍同志被上级追认为烈士，墓前竖有烈士墓碑。

来云南的第一个春节，也就是 1966 年春节，我是在马头山下的马头山村度过的。这是个热闹非凡的春节。平时连队注重联系群众，在马头山村开办了扫盲夜校，假期帮附近大队收粮，与诸多大队、生产队和当地公社建立了密切的关系，可以说同各族人民融为一体，工农一家。接近春节和春节后的日子是连队最忙的时候，每天都有公社、大队、生产队带着感谢信，抬着甘蔗、花生、米、面、肉食等礼品到连队慰问，让人应接不暇，送走前客迎后客。连队党支部安排我专门做接待工作，我对一些难办的事请示了上级领导，如公社、大队少数民族群体请连队干部吃年饭，怎么办？上级回复："一律婉言回绝。"送来的慰问品怎么办？"一般谢绝，或记账入库，供同志们集体改善生活。"

在多民族地区修路，还有一个大难题，有些民族同胞邀你做客，如果你一直推让谢绝，会让他（她）们认为你不可亲、不可交，不是一家人。这种情况，当地政府给了我们专门提示，并嘱咐了在用餐时的注意事项。为了解决这一民族习惯的问题，我们连队也接受过几次少数民族兄弟们的邀请，我和连长、指导员参加得较多。他（她）

们吃饭时十分好客，在哪里吃饭，他们就找出最年轻漂亮的姑娘负责上菜添饭，也就是加饭。稍不注意，饭菜就被热情地加到碗里，你又不能不要，这就要在吃饱的时候，把碗底朝天扣在桌上，表示“感谢，我吃饱了”。刚开始，我们不懂规矩，有几次同志们都闹了笑话。餐间，主人不断添加饭菜，我们以吃饱拒绝的方式回应，但是主人又热情地将饭菜加到碗里了，我们还得吃。吃的过程中摆手回应也不行，最后只得将半碗、满碗的饭菜放在桌上，筷子压在上面，满脸通红、哭笑不得，无奈应对这尴尬的局面。

平时，同志们都在紧张高效地劳动着。按照国家规定，春节会放几天假。按照河南老家的规矩，春节那天早起五更，欢度新一年。这里的五更起得并不早，还是早晨6点天亮起床，在食堂集合，连长、指导员讲讲话，全连团拜，进入宴席。早餐后，同志们自由活动，大多数都上元谋县赶场去了，还有三五成群的选择爬山。连队干部分别参加各班、排活动。我刚走出大门，后勤排技工班赵国柱同志便叫住我说：“任家祥、李永炎在东山坡等你。”家祥和永炎同技工班刘传敬师傅等几个同志带着几瓶青稞酒和几个小菜准备上山游玩，大家一口气爬到几棵攀枝花树下驻足。围着攀枝花树登高望远，见群山相依，层峦叠峰，云雾缭绕，映辉碧瓒，又见层层梯田，稻穗黄灿，新开路基，游龙盘旋，不觉心旷神怡，身轻飘然，若与天地并行，云霓相穿，我行我素，天高气远。拿酒来！我们面对青山而饮，痛快今天。于是，大家动手，在一片草地上，踏平草丛为桌面，白纸做盘装小菜，8 人前后左右坐，3 瓶青稞上宴台。

家祥提议："我们离家入滇，这是第一个春节。古人云：'每逢佳节倍思亲。'今天我们在这高原上，观赏大西南的美好景色。刚才大家都谈到，无饮酒时景醉人，大家今天来个景醉、酒醉、人人醉，神州处处是亲人。我们来云南，各少数民族的兄弟姐妹都是我们的亲人，我们以祖国为家，大家不要想那个小家了。今天的酒要喝得有趣味，有讲究，痛痛快快。一是每人都喝，酒过三巡，我们都是老子故里人，一生二，二生三，三生万物，都得过三。大家在新的一年里都要进步。二是我和少良、永炎、传敬师傅 4 人，每人和一首诗。"大家都同意了，只有刘传敬同志打退堂鼓，他再三说："我文化低，和诗不行，要真相逼，我只有瞎编。"大家说："瞎编也中，相传'不会吟诗也会编'，编出来也算。"家祥说："今日饮酒吟诗次序：一是少良，二是永炎，三是我，到刘师傅收尾。还有一个规矩，咱们8人，4人吟诗，另外4人各找搭档，两人一班，诗吟得好，6人喝酒，吟得不好，两人喝酒。每吟诗后，大家异口同声地说好，那就6人喝酒，说不中，提出问题有争论者，经大家评论后再喝酒，另外每首诗必带酒字。因今天咱们是吟诗喝酒。下面先喝三巡酒，挨着来，从少良开始。”当时没有酒杯，是杨得草在伙房拿了3个蒸菜的小黑碗，大家说：“小黑碗太大，少半碗算一杯。赵国柱统一卖酒，卖酒人要公公道道，卖酒不公罚三杯。”我先喝了3杯，挨着交给永炎依此类推，8个人无一不饮。我看3斤酒不够用，随即拿钱叫杨得草下山再买两斤酒，添几个小菜，把大家的水壶背上，灌上开水。那时马头山卖的只有青稞酒，算是好的。

酒过三巡后，家祥说：“现在由少良吟诗，大家注意听，有笔的可以记，吟后讨论。”自上山谈到吟诗，我就开始润色词调，好脱口而出。自家祥说由我吟诗后，我就慢慢地对起来：

春节登上马头山，攀枝花下设盛宴。
四面青山设围帐，白云飘洒嬉相观。
遥望盘山路基道，游龙逶迤上九天。

举杯祝贺首战捷，大家共饮醉八仙。

吟诗完毕。大家都高兴地拍手说好，唯家祥提出，诗里有“举杯”和共饮醉八仙，这个醉八仙，咱8个人，裤裆里插杠子——自己抬高自己，也很好。但缺少一个“酒”字，我建议少良我们7个都喝。我说：“家祥说得有道理，啥都不说了，我陪大家喝。”大家举杯共饮而下，下面接着永炎吟诗：

勒稳马头天助阵，盘山大道簸镐钎。
炮声隆隆崖让路，江水滔滔红桥建。
我辈顶天圆使命，不让主席再惦念。
今日共饮青稞酒，来年大战马鞍山。

永炎吟完，大家齐声说好！家祥也没有提出什么，好！6人喝酒。这时，杨得草已买酒菜、打开水回来，6人痛快畅饮。

下面该家祥吟诗，家祥思索一时说：“你俩都把此景此情，还有我们第一段工程讲足了，我在这方面无啥说了，我还是要从大的方面来一首。”

美帝霸权太猖狂，侵略越南似虎狼。
靖边援越筑大道，贯通边陲良弓藏。

有朝一日歼魔霸，八方追击一扫光。

现在同饮备战酒，居安思危日久长。

家祥吟诗音落，全场鼓掌，大家都说："好，好诗！"我说："家祥这首诗还是比较大气的，对仗也很好，来来来，咱们6人喝酒。"饮酒过后，当是刘传敬师傅吟诗。传敬师傅在来云南前，是鹿邑县一机厂高级技工，铁、钳、车工样样精通，年岁较长，大家都尊称他刘师傅。新中国成立前，刘师傅上过几天私学，小学毕业，也就文化程度低一些，但业务上精益求精，百事通。共饮后，家祥说："下面由刘师傅最后总结吟诗！"刘师傅红着脸，拍着双腿说："好啦，别叫我吟诗，我这旱鸭子撵轮船，咋着也撵不上您，要跟您仨的水平比，我一个也比不上，叫我瞎编，我一句也编不出来。今天大年初一，我给大家鞠个躬，我自己喝个酒算了。"大家说："不中，你原来说你会瞎编，你就编呗！""我瞎编也编不出来，我再给大家作个揖，我唱段京剧《红灯记》选段，还有我瞎编的几句，行不行？"大家看他吟诗也真不行，都说"中"，传敬师傅开始唱：

临行喝妈一碗酒，浑身是胆雄赳赳。

鸠山设宴和我交朋友，千杯万盏能应酬。

鸠山喝酒我喝酒，大家帮我来喝酒。

咱们都给鸠山斗，斗得鸠山钻到他妈那里头。

我这高级钳工等了他几十年，他再也不敢露出头。

刘师傅唱声一落，大家都拍手叫好。刘师傅不仅唱得好，编得也好，两全其美。家祥说："来来来，大家都喝酒。"这一轮 5 斤青稞酒基本饮完，余下的几杯，家祥叫得草等两个最年轻的同志喝了。转眼快到中午 12 点了，大家都红着脸，精神振奋，迈着健步，哼着小曲，说说笑笑地下山了。

第三章　迎难奔赴马鞍山

春城西北隅，攀枝花东南篱。千古苍茫的马鞍山，山依着峰，峰连着山，层峦叠嶂。时见荒山野岭，狂草丈余，又有林木苍秀，百鸟鸣音，苍鹰在空中盘旋，野生动物在林中往来不断。

马鞍山自古人迹罕至，正是：

日月沐山岁月深，风雨雕石遗琴韵。
鹰击野岭觅美食，猿啼狼嚎阴凄森。

1966年春，首批工役制工人十团健儿，按照国务院指令，遵照云南省委、省政府部署，来到这自古荒无人烟的马鞍山，安营扎寨修筑国防公路。这跨越时代的巨足踏在山上，打破了沉睡千年的寂静，终结了鸟兽任意飞奔的天堂，在金沙激流上建桥梁，让高山悬崖变通途。1966

年 3 月，元谋第一段筑路工程全线即将提前一个多月完工时，按照团党委转入永仁县马鞍山第二段工程的指示，三连提前抽调二排两个班到工地筹备建房安家，工役制十团的健儿在这里摆下战场。1966 年 2 月 8 日，刚过正月十五没几天，二排长马占臣带领五班、六班 27 名同志奔赴马鞍山新工地建房安家。因路途遥远、山势崎岖不平，同志们轻装前行。除自己的行装外，还带 3 天的干粮，再加上去新工地安家建房用的各种工具和物品，如镐、钎、锤、斧、刀、锯等。经五班长刘志仁、六班长刘子让的统一分配，每人携带的工具和物品都增加了 30 多斤。大家翻山越岭、跋山涉水行走两天半，于 2 月 11 日下午，来到永仁县马鞍山上安家处。

这是一片地形比较平坦的小山顶，狂草丈余高，草下有多种昆虫游斗，时而又有狼等野生动物出没。同志们经两天多艰难的跋涉，都累得喘不过气来，卸下行装，就躺在草地上休息了。稍做休息后，二排长要六班长刘子让领着郭富致、杨崇芳等 6 名同志带上现有的提水工具下山寻找水源，想方设法获取生活用水。同时，派胡学勤等 3 名同志整理出一片偏高的净地，铲除杂草，垫好凳案，整理炊具和米、豆等食品。五班长刘志仁带领同志们除草、平

马占臣

康志田

地，给同志们整理露天宿营铺位。马占臣亲自带领 6 名同志到附近的山林寻找建房材料，并负责砍柴备炊。

六班长刘子让聪明善思、长于攻坚克难。很多时候工作有难处了，都是由他想出解决的办法，连里同志们送他一个“小诸葛”的绰号。由他带领同志们下山探索取水是最合适的。子让带领同志们走到山前，瞭望下山取水之路。查来查去，四五百米无可下山之路。最后，子让和同志们从山的右边葱郁茂密的山林处踏石夺路下山寻找水源。当时子让想，既然有林木成长，必有溪水通过。于是，他带领 6 名同志沿山林深处下山，行有两里多路，发现一条似溪非溪、坑凹有水迹之处，再往下去，坑凹有浅水，锁定浅水流，向山下又走两里多，找到一个不大的浅水池，水很清澈。

同志们见到这样好的清凉山泉水，都激动地禁不住用手捧着喝起来。六班长刘子让招呼大家在此取水。但池水较浅，一动下面的尘渣泛起，水就混浊了，也不好往容器里灌。子让吩咐同志们下手挖深坑，并在下游筑小水坝，集聚深水。就这样，前后用了近一个小时，才将同志们带的水桶、水袋一一灌满。然后，顺着下山时留的标记各自背负着生活用水朝山上爬。下山容易，上山难啊，背着水袋还好些，担水桶的同志就犯难了，不敢走动，更不敢过坎，稍一动水就往外冒，一过坎水就更往外流。后来，同志们只能慢慢地顺势往上爬。太阳快落山了，山林里渐渐暗了下来，下山时留下的标记也看不到了，同志们只能凭着感觉往山上爬。天越来越黑，山林深处不时传来猿啼狼嚎的声音，让人毛骨悚然。

二排长马占臣带领一路人马到东边林木苍秀的山上寻找建房木料，并负责砍柴备炊。大家进入山林，看到各种挺拔树木，暗中高兴，心想这下搭棚建房的木料没问题了，查看时还见到了兔、狼、麅、猴等野生动物。这些动物见到来人，四处逃窜，鸟儿也四处飞散。占臣让大家砍柴，每人砍一担柴，回到驻地。太阳快落山时，五班长刘志仁带着同志们除草，露天宿营铺位也基本完成，还有些地方草铺得薄些，再割草垫平。胡学勤等同志已将锅支上，垫上案台，炊具整理好，就等六班长他们取水回来生火做饭了。同志们经这三天三夜的艰苦跋涉，又饥又渴，虽然有干粮，但没有水一点也吃不下，很多同志渴得嘴都张不开了，连唾沫也吐不出来，干渴困乏得动弹不得。有的同志干脆就躺在草地上，有的同志还不停地望着山下，盼望着刘班长他们取水回来。

直到太阳落山了，山上山下一片漆黑，连人影也望不到，有的同志大声呼喊："刘班长，你们在哪里?"然而，却听不到对方回答。想到刘班长他们是从右边山林下山的，二排长马占臣同五班长刘志仁就带领五六名同志往西山林走，摸索前行接应取水的同志，走了四五百米，在快接近山林的地方大声呼喊刘班长和下山取水同志的名字，却依然没有听到回应。排长马占臣组织大家一齐喊："刘班长，你们在哪里?"大家隐约听到回应："在山下!"大家又一齐喊："刘班长，你们在哪里?有什么问题?"又听到了回应："我们正在往山上爬!"听到此声，占臣、志仁立即组织去下山接应，循着声音的指向进行对接。不久，两方就会合了，下山的同志真的渴坏了，抱着桶就喝起了水。原本上山时因为颠簸，一桶水也仅剩下半桶了，就这样，一会儿时间就消耗了两桶水，而马占臣排长、刘志仁班长在大家饮水后也只喝了几口水就罢了，同志们再三劝说，他们也没有再饮水。

马占臣排长安排同志们将几桶水平均分配一下，每人一份水袋，轻装爬山。晚上 9 点左右，大家摸索着艰难地回到了驻地。卧在草铺上休息的同志一听说水来了都拿着茶缸、水碗来喝水。占臣说："大家不要慌，今天都有水喝，只是来之不易，是刘班长和几位同志从 4 千米外的山沟里担上来、扛上来的，我知道同志们长途跋涉，又在现场工作一天，渴坏了，我的意见是，每人先发两茶缸解渴，余下的水为保障大家的健康，让炊事员将水烧开，供大家吃干粮，同志们说行不行？"大家齐声说："行！"分发水后，还余下六袋水，合起来烧开，大家用开水泡干粮吃了晚餐。

经历了三天的艰难跋涉、饥渴煎熬，同志们都困乏得厉害，按照分配的露天铺位和衣熟睡了。五班长刘志仁将两支步枪交给两名第一班站岗的同志，安排了营地巡逻事宜，另外两支步枪交给两位班长，一人一支。马排长同两位班长简单商议了一下明天的工作后，就都在露天铺位上休息了。

马占臣排长还没有睡着，突然听到“砰”的一声枪响，他急忙起身问岗哨：“啥情况？”巡逻哨兵冉祥志说：“有几只狼窜到伙房撵不走，我开枪把它们撵跑了。”马排长说：“对野生动物，在没有人身威胁的情况下，一般不要开枪，想办法赶跑就行了。对于可疑的人和事，弄清情况再做处置。”讲完，他吩咐大家抓紧时间休息。夜间，野狼又多次出没在营地，都被哨兵用石头砸跑了。

第二天早上6点，五班长刘志仁准时吹响了起床哨。6点20分，所有人准时集合开会。马占臣排长简单总结了这三天艰辛跋涉来到新工地的情况，接着讲了大家面临的生存、生活困难，以及如何开展工作的想法。他问大家：“同志们，几天没有洗脸刷牙了？”“三天！”“对，自从连队出发至今，我们三天没有洗脸刷牙了，还是等渡过金沙江支流后大家再痛痛快快地洗洗脚、手和脸，再储备点水。目前，同志们连喝水都困难，哪有水洗脸刷牙？我们要想在这里站稳脚、扎下根，首先要解决生存、生活的用水问题。我们脚下这古老的山顶，从古至今荒无人烟，野生动物众多，至今发现的有狼和其他一些小动物，但还没有发现大的动物。昨晚这些狼就到我们驻地多次出没，到伙房寻找食物，都被我们的哨兵赶跑了。在多次赶不走情况下，冉祥志同志还开了一枪，开一枪也好，吓一吓那些野兽们，让它们知道我们是正规军，要在这里安营扎寨，以后不要再来捣乱了。哈哈，话又说回来，对野生动物我们要尽量保护，不要随便开枪。”

马占臣排长接着说：“对狼这个小家伙，一是不要怕。小时候，老年人经常讲：‘孬狼孬狼你快滚，麻秆打断你的腿。’可能打狼打腿是个要害；二是要高度警惕它。防止它偷袭和伤害，没有人身威胁时就不要开枪，真有人身威胁了就照死里打，打死吃狼肉嘛！”

顿了一下，马占臣排长说道：“这些不多说了，今天的工作是五班抽五人下山到永仁县赶街，摸索西去的山路，购买水桶10只、水袋20条、扁担6根。如果买不到水袋就买水桶16只、扁担10根、镰刀10把。水桶上面焊活盖，防止挑水外流，能买几个大水桶或水缸最好，方便储水。其他同志，清除杂草，平整地基，把草晒干，留作建房用。六班派4名同志分两路下山，继续寻找水源。从驻地对面至左山林深处，查找还有没有比昨天发现的更大、更近、更好的水源。其余同志由六班长带领下山取水。”

会后，两位班长根据受领任务，各自行动去了。

六班长刘子让派出4名有经验的同志，分两组下山寻找水源。自己带领9人和炊事班3人，拿着刀、斧、铁钎，以及6只水桶和6条水袋，从右边山林处寻着原引路标志，披荆斩棘，搬石铺路。清晨行动较快，感觉时间不长，下山五六里后，大家来到了昨日取水的小池边。昨日，大家从下面堵了一道水堰，因此池水清清，又深了许多。

六班长让同志们用下游流水洗洗手、脸，又把所有水桶、水袋灌满，由9名同志分担上山。然后，除炊事班的同志留下备炊，其余六班的同志又迅速返回。

六班长仔细查看了溪水的流势和地形以及水池上下300米的溪道，为开挖水池、修整水池上下溪道做理论上的准备。有了想法后，他决定请排长来定夺。此时，返回池边的几个同志说道："运上去的水已足够早餐用，余下的水还分给每人两茶缸用于刷牙洗脸。"六班长听后很高兴，他吩咐同志们再把所有水具灌满，分担上山，快9点时回到了驻地。此时，早饭早已做好，排长和同志们正等待着他们吃早饭。早饭虽然很简单，蒸米饭、米汤，还有煮熟的兰花豆撒上盐和辣椒面儿。大家早已习惯了这样吃饭，吃这样的饭菜在第一阶段工地上是经常的事。大家都觉得，在这光秃秃的山顶上，有饭吃、有水喝，有煮熟的兰花豆撒上盐和辣椒面儿已经不错了。

子让边吃边向4名同志了解寻找水源的情况。同志们讲，从山顶到山下八九里路，也没有找到可用的水源。谷中的小溪都是干枯的，山势险要，就是有水也担不上来。后来，我们望见三里之外好像有几户人家，不知道那里有没有可供连队用的水源？因时间和山势情况，我们没有下探。早饭后，子让和几名同志将三处行动的情况向排长做了汇报，决定对右边山林下水池进行开挖，扩大规模，修建从水池上下山的溪道。马排长和六班全体同志携带各种工具下山挖池修溪取水。来到池边，见池水清澈见底，子让先让8名同志将水具灌满，上山送回伙房。

根据他原来观测的情况，决定在原水池的基础上，开挖一个长、宽各2米，深1.9米的蓄水池。修整、理顺水池上下方各200米的小溪流。为开挖水池，大家先将上游溪道的水分多处引向两侧。开挖水池时，挖掘第一层高原土质比较顺利，但下面石头层的石块较大，怎么也挖不动，只能下到池里，用撬棍撬起或击碎后才能挖出来。就这样，五六个人轮班作业，换班吃饭，一直干到下午3点多才将水池开挖好。然后把池上池下的水道修整好，切断池上方向外引流之路。不久之后，池水就灌满了，稍时澄清，就可以用桶直接灌满担水了。面对清澈的池水，同志们会心地笑了。

摸索着山路去永仁县购物的 5 名同志，下午 1 点多钟抬着一只大水桶，扛着、背着一些新购器具，回到工地。他们上午在永仁县城完成购物，租了一辆马车行程 30 余里送到西山下，还有两只大桶留在山下。这次没能按排长的要求买到水袋，大家多购了 10 只水桶，全部带有活盖。白铁社现在没货，钱已付过，后天取货。五班立即派出 4 名同志前往山下接应，抬回那两只大水桶。马排长和两位班长合计，水源的问题基本解决后，还需要有人负责下山担水专供生活之用。他们当即决定，从六班抽调 8 名同志负责这项工作。然后，动员同志们节约用水和限量用水，决定每人每天发一瓢水，用于洗脸、刷牙和洗脚。洗衣服用水多，同志们可抽空到水池下游集中去洗。

按照团、营领导的指示精神，大家在这块平缓的山顶上，背阴向阳修建营房。营房的修建实行就地取材，伐木立柱、梁檩结构、野草封顶，如北方搭的木棚，以木棍加草，然后黄泥夹墙，用木柴钉做简易门窗。

2 月 12 日下午，同志们开始收拾平地、清除杂草。占臣和两位班长负责查看地形，根据地形筹划建房地址、大致圈地面积。依据连队单位建制和人员情况，大家商定建筑筒子房 3 栋，前后各一栋，西面一栋，每栋 10 间，长 38 米，宽 8 米。同时，大家计划将后勤伙房、餐厅、技工班安排在西面一栋，前、后两栋安排连部和三个工程排。由于此规划要报连首长审批，占臣叫子让写一个简单报告，画一个简易建房图，准备向连首长请示。为了保障驻地安全，严防敌人破坏和野兽干扰侵袭，营区外围都要铲除 100 米的障碍物和杂草，这样也便于巡逻瞭望以发现异情，并进行及时的应对和处理。

晚上，二排长又把两位班长叫到一起，商议建房力量分配和向连首长汇报建房规划一事。目前，两个班共 27 人，每天 8 人下山担水，4 人买菜、购物、做饭，基本占去总人数的一半。余下十几个人怎够伐木建房？他们决定，明天由排长到苴林团部用电话向连首长汇报工作，并建议把七班、八班调回来。2 月 13 日一早，还没到起床的时间，排长和五班的张柄魁就踏上去团部的路。排长一路沿崎岖小道疾行奔波，下午 4 点多到达团部，向总机说明情况后，和三连连部通了电话。指导员李天增先接电话，占臣将近几天的工作情况和当前存在的问题做了汇报，指导员听后又将电话转给朱宝学连长，占臣又重新讲述了一遍。朱连长对占臣说："情况我们都知道了，等商量后给你回话。"放下电话，连长、指导员经商议后决定，将二排七班、八班调过去，明天准备完毕，由副排长康志田带队，后天出发。其他问题由连长和财务员罗永太携款提前出发，明天前往马鞍山，在苴林江边渡口同占臣聚集，一起到新工地，所有问题直接在现场解决。随即，朱连长将行动计划通过电话告诉了占臣。

2 月 14 日，马占臣和张柄魁于下午 2 点多就赶到江边渡口，合计着连长和罗永太到达渡口的时间，等待着他们的到来。就这样，他们一直等到将近下午 6 点钟才等到。朱连长时年近 50 岁，年龄偏大些，罗永太又在元谋县取款，稍稍来迟，然后 4 人一起回到团招待所。晚饭后，二排长又把详细情况向朱连长和罗永太同志做了汇报，将建房图纸交给他们看。

2 月 15 日早晨，朱连长 4 人在招待所提前吃了早餐就出发了。去新工地的路比不上元谋的路，这段路是十团第二段各连新开挖的路，许多地方的路基还没有挖好，虽已踏出崎岖不平的"羊肠"小道，但翻山越岭还是难走得很。朱宝学连长年龄偏大，在险要路段行走特别困难，有时要由张柄魁搀扶着前行。中午时分，他们路过六连，用过午餐后继续往前赶路。晚上 6 点多，太阳快落山的时候，他们紧赶慢赶到达八连营地，朱宝学连长再也走不动了，见到八连长和指导员，大家相互问候，吃了晚餐，就在八连休息了。

2 月 16 日凌晨，八连长、指导员安排炊事班提前开饭。早餐后，4 人又艰难地踏上了去新工地的路。占臣向连长说明新工地紧要的情况，自己迈开大步先行急速赶往新工地，然后由柄魁带路，护着二人悠着劲儿往前赶。下午 2 点左右，三人终于爬到这安营扎寨的荒秃山顶。同志们听说朱连长和罗会计来了，都急忙丢下手中的工作，上前握手问好，亲热异常。占臣领他们到临时伙房用了午餐后，又来到同志们露天铺位前的一块平地上。朱连长说："同志们辛苦了！在这样的条件下生存、扎根，本身已经是很了不起的了！能在这里进行工作更是英雄无疑。我们应该把这段日子记下来，今后好讲给我们的子孙后代听，让他们也了解和记住他们父辈的这段历史。来之前，和指导员商量，考虑到你们的艰难困境，我们决定好钢用在刀刃上，给你们增补 2000 元经费。"永太询问："你们谁管账？”二排长说：“六班长子让。”永太随即按手续把2000元钱交给了子让。

朱连长说：“其他的问题和事情晚会儿再说，先把建房图纸拿过来，咱们去查看地形，定一下建房地点。”二排长领着连长、永太等同志一起查看了整个山头地形、地势，徒步丈量了房间距离，以及拟定的伙房、餐厅、水池、厕所等位置。连长同永太交换了意见，朱连长说：“同意你们拟定的建房地址，包括长短距离、院落设计、结构造型，照这样抓紧施工就行了。”连长又接着问：“木材有没有问题？”占臣指着东西两面的山林说：“我们已经进林查看了，绰绰有余。”占臣领着连长和同志们到原来议事的平地上接着商议了一些其他事宜。

到了太阳快要落山的时候，晚霞在西边山林散发着余晖，把整个山林照得红彤彤的。连长一时兴起，大声说：“没想到这荒山顶上，鸟不拉屎的地方，还有这么美丽的晚霞景色，这可能是老天特意送给我们的礼物，让我们好好地在这里扎根安家！”就要下班了，五班长按照二排长的安排，集合队伍，请连长讲话。

空旷的山顶响起一阵热烈的掌声。连长站在队伍前高声说道：“同志们好！同志辛苦了！你们是三连善打硬仗、恶仗、难仗的排，为连队搬迁打头阵，白手起家建营房。我们要在这荒无人烟、鸟不下蛋的地方安家扎根，大家都辛苦了！我代表三连全体同志向你们表示感谢！”

连长接着说：“再说三件事，一是我们初次来到这荒秃山顶，对这里的环境、敌情、社情都不太了解，大家要提高警惕、注意安全防范。听占臣说，这里有狼和一些小动物出没，大家在山林野岭工作、生活要严加防范，注意安全！二是以后的任务是艰巨的，工作是困难的，现在全国人民正在掀起学习毛主席著作的高潮，我们要活学活用毛主席著作，用毛泽东思想武装头脑，没有克服不了的困难。马鞍山是很高，但现在不就在我们的脚下了吗？三是七班、八班这两天就要到来了，力量增加了，大家要有信心。占臣呀，你要把同志们的生活调剂好，只有吃饱了饭，才能打好仗。”说完又是一阵掌声。

晚餐还是每人半勺兰花豆，但是新增加了半勺炒青菜。小青菜是今晚才开始有的，一早从永仁县城买回新炒的。排长马占臣和两位班长陪朱连长和罗永太同志吃了晚餐。同志们把露天铺位加长，在大铺中间为朱连长和罗永太同志加两个铺位休息。2 月 17 日一早，按朱连长的安排，占臣叫炊事班同志提前做好 4 个人的早餐，他跟柄魁陪朱连长和罗永太吃了饭，没等同志们起床，占臣就送他们到下山路口，柄魁护送朱连长和罗永太同志回连队了。

早晨起床后，排长马占臣召开了全体同志会，布置了建房画线、安基、埋桩、伐木、除草等工作，安排了七班、八班的同志下午到来后的露天铺位安排及生活各方面的准备工作。他带领两位班长和两名有经验的同志画线，丈量所建房子的地基，确立埋桩立柱点，计算顶高和水坡的比例，然后，又计算了梁、檩、椽、檐、夹山等方面所需各类木料以及房上缮草的大约数量。

下午，占臣合计着28名同志到来的时间。他对五班、六班的班长说："今天人员到齐后，我们明天就按计划抓紧建房，加上做完其他配套设施的时间，绝不能耽误连队搬家。"时针快指向下午5点30分了，28人还没到。占臣他们3人焦急地赶到下山路口，遥望着远处，却仍没有踪影。占臣心中突然变得沉重起来，脑子盘算着，心中琢磨着，会不会出什么事？难道迷路了？"不行，赶紧下山接应！"副班长张培中闻令带两人紧急下山。"记住，不见新来的同志不要回来！"

时针已指向6点多，占臣和两位班长在下山口遥望着远处，太阳已经下山，什么也看不清了。他让五、六班集合先开饭，安排炊事班给新来的同志留好饭菜。晚餐后 7 点多，六班长刘子让带队，每班抽 8 人形成第二梯队下山接应。时钟快指向 8 点，仍不见人影，占臣急得团团转。志仁在一旁宽着他的心："不会有事的，如果有事，团部或兄弟连队当有情报传来的，不要着急，他们一定会安全到来的！"

晚上 8 点 20 分左右，身边几名同志不断用灯光连发信号，终于发现远处山脚下有灯光，隐隐约约，时明时暗，但感觉越来越近。"是他们，一定是他们！"见状，占臣稍微松了一口气。他除留一人在身边，继续用灯光保持联系外，吩咐五班长刘志仁和其余三人全部赶往山下接应。晚上 9 点左右，占臣听到了同志们的说话声，急忙往山下赶，边走边喊："七班、八班的同志们，你们受累了！"没多久，他终于在山腰和走在前面的康志田副排长见面了，两人亲切地拥抱起来。占臣对着山下大声讲："同志们，这里山道狭窄难行，大家注意安全，再加把劲，我们到山顶相见！"

占臣转身领着志田边聊边上山，不多时就到了山顶。他大声说："同志们，我们终于会师了！"然后，他和大家一一握手问候。待同志们到齐，放下行装，已是晚上 9

点20分了。占臣对同志们讲："刚才听志田说，你们中途遇江水上涨，渡江又遭遇了小灾难，巨浪还把两名同志的行装卷走了。最可贵的是，你们全部安全抵达，这就是胜利！对啦，关于水我得说明一下，水都是从几千米的山下背上来的，吃水和生活用水都很不容易，希望大家先忍耐一下，一定要节约用水。一会儿一人一瓢水先洗洗脸，然后抓紧时间吃饭和休息，明早推迟一个小时起床。时间关系，不多说了，同志们应该都饿了，马上开饭！"晚餐后，已是10点多了，七班长王体民、八班长安玉先分别把本班同志带到露天铺位，安排大家休息。

小小秃山顶，露天宿营地，夜幕深沉，微风阵阵，凉意转冷。远处山林中不时传来猿啼狼嚎，还有小动物的凄惨叫声。近处，各种昆虫在不停地鸣叫，在人迹罕至的大山顶上，依然那么的不平静。然而，时间久了，此起彼伏的各种鸣叫声，却成了筑路健儿劳累一天之后的催眠曲。

在露天铺位一侧的平地上，排长马占臣、副排长康志田面对面坐在石头上，小声地交换着情况，讨论下一步工作该如何开展。志田重点讲了遭遇江水上涨和渡江前后的情况。"出发第一天下午2点多，到达金沙江支流渡江处，突遇江水暴涨无法渡江，两岸挤满了等待渡江的老百姓，下午 5 点多，江水开始下落，6 点左右水位将近回落到可渡线，但水流仍然很急，风浪忽高忽低，此时渡江仍旧很危险。但见天色已晚，老百姓都陆续退回去了，我们这才设法进行抢渡。为确保安全，我们将几根大绳接起来，先由 6 名同志率先渡江，将绳子横江拉直拴紧准备抢渡。在抢渡中，恶浪袭来，将正置江心的吕大鹏、王彦平二人的行装无情地卷走了，幸亏二人紧抓大绳不松手，才避免了一场灾难！直到晚上 7 点，28 名同志才全部安全渡江。”

志田接着说：“渡江后，整好行装，天色已晚，我把同志们带到苴林团部，找到后勤处长袁云，向他汇报了渡江所遭遇的情况，袁处长听了汇报后，吩咐纪福明科长把我们安排到团招待所休息，然后把我们的情况向副团长王晓民做了汇报，王副团长还到招待所看望了大家。夜里 10 点多，袁云处长和纪福明科长亲自将两套新的被装送到招待所。第二天一早，在团招待所吃了早餐，我们就急急忙忙往这里赶。”占臣听了志田的汇报，非常佩服同志们的渡江精神，并感谢团首长的关心和爱护！

2 月 18 日（农历正月二十九日）凌晨 7 时，建房工程开始了。六班长刘子让吹响了起床哨，全排在露天铺一侧的一块平地上集合开会，排长马占臣对建房工作做了安排："先建南北两栋房子，五班、七班包建南边一栋，为第一建房组；六班、八班包建北边一栋，为第二建房组。施工线已经画好，桩、柱点已定，各单位要保质保量修建好结实牢固的住房。这里吃水、用水实在困难，要有足够的人力到4000多米的山下担水取水，保证我们的生活、生产用水。各班在尽量使用建房力量外，每班再抽调4人，两个建房组每组抽调一名副班长，负责带领大家完成取水、供水任务。为改善好大家的生活，炊事班增加至5人。大家要立足岗位，尽职尽责，把自己的事情办好。"

接着，副排长康志田补充："刚才，排长对工作做了部署和分工，明确了建房质量、标准、要求，各班要照此办理。我只说三句话：第一，各个施工岗位要安全第一！在确保安全的情况下进行工作。第二，我们所在地是偏僻无人的山顶，地形复杂，还有野兽出没，现在阶级斗争复杂，敌人蠢蠢欲动，我们必须加强纪律，不要单人外出，大家要按时作息，严防敌人暗算谋害。第三，晚上巡逻哨要提高警惕，严密巡逻，发现异常情况及时报告。各班枪支要加强管理，不能出现任何问题。"

会后，两个建房组分别到了施工基地。每班各定下担水人员4人，两个班派一名副班长带队，下山担水。建房人员又做了分工，有上山伐木、搭配房料的，有挖地槽、埋桩柱的。上山伐木、搭配房料任务重，挖地槽、埋桩柱的活也不轻，地槽较深，土层下石头较多，得用锤钎碎石开挖。地槽开大了，桩柱底下四周空旷，地基不牢；地槽挖小了，锤钎无法碎石，开不出槽。遇见石基，只有艰难地如用挖耳勺掏耳屎，一点一点地挖。两个建房组经过3天的艰苦努力，基本上完成了埋桩和立柱，搭配安置了有梁、檩、椽、檐的框架结构。第四天，两栋房全部完成了房上缮草工程。第五天起床后，占臣和志田商量，为了给大家加油鼓劲，召开全排会议，总结、表彰近几天工作中的好人好事。会后，组织两个建房组各抽一半的人员，对建好的两栋房进行夹山、夹墙和粉刷收尾工作，其余同志开始合建第三栋房。

在不影响施工的情况下，炊事班和4个施工班各自抽时间从露天铺、露天伙房先行搬进敞篷房内。炊事班搬家人手少，每个建房组都抽出部分人员一起帮炊事班搬家。当时，全国掀起学习毛主席著作高潮，大家都在干中学、学中干，抓紧学习毛主席著作，用毛泽东思想武装头脑，争取战胜一切艰难险阻，出色完成各项任务。

2 月 25 日，农历二月初六上午 9 时许，二排全体同志正在紧张地建房时，天气突变。北方远山处，铺天盖地的黑云压来，气温骤降，六七级大风从远处夹杂着沙石，像暗箭一般袭来。大风起兮云飞扬。霎时，两栋刚建好的房顶上，茅草全部被揭盖卷飞，遮云蔽日，飘向远方。风越刮越大，两栋房子刚搭好的框架也在来回摆动，一栋新建的正在上梁檩的房，被刮得柱倒梁摧，物料翻滚。占臣和志田见此情景，迅速召集同志们收工，每个人带着自己的行装到东南山脚处避风藏身。风越来越大，尘杂蔽日，阴冷袭身，很多同志披上了被子。至中午 12 时许，风力仍旧有增无减，占臣、志田和 4 位班长商量着今日的午餐和今后的工作。六班长刘子让说："前几天在山下有几个群众，听说我们在山上安营扎寨、建房修路来看热闹，他们见在这样恶劣的环境下我们建起了房子，直伸大拇指头！我问他们这里过去的情况，他们都摇头说，'没人到这山顶来过，不知道'。有一个年纪大的群众对我说：'你们还要防备点。'我问他：'防备啥？'他说：'防备大风哦，阴历二月这里要刮几天大风。风大得很咧，天天刮，一刮就是十几天。刮得天昏地暗，人都不能出门，我们在山下住都不能出门，你们在山顶上更要防备点呀。'

老人说得很亲切，主要提醒我们防大风。”

大家听了子让的话，都认为候风不好防，除非把这段时间隔过去，那也是不可能的，必须得想办法战胜怪风。康志田说：“战怪风和打仗一样，仗一打响，只有向前冲锋，消灭敌人，夺取胜利，后退和停滞是死路一条。所谓狭路相逢勇者胜，我们一定要勇敢地想办法战胜怪风，渡过建房生产难关。”七班长王体民说：“康排长说得对。我们现在就得想办法，战胜候风的侵袭，今天是起候风的第一天，我们要认真观察和记录大风的起落时间，在风起前和风落后抢时间干，把房顶上的房草想办法固定住，让风刮不动不就行了。”五班长刘志仁说：“对，想法和大风对着干，不能让风打败了咱。战怪风的办法最好听听诸葛班长（六班长刘子让）怎么说。”马占臣排长看到时间已是下午 1 点 30 分，问大家：“中午饭咋办?”大家你看看我，我看看你，都只说：“中午罢饭，不吃了。”

此时，八班长安玉先说：“不吃饭了，请‘诸葛亮’出谋划策，我们洗耳恭听。”六班长刘子让很为难地说：“我不是诸葛亮，也没诸葛亮那个本事。大家喊我诸葛亮，很惭愧。在这股怪风侵袭之时，我和大家的心情一样，想着与怪风对着干，决心战胜它。我想着今天我们先看下怪风落势的时间，随时改变我们的作息时间和工作方法，与怪风打‘游击战’。另外，在缮草方法上也要下一番功夫，使用细铁丝和木条把房草一把一把紧扎在房料上，让风掀不动。中午这顿饭无法吃，干脆避风休息，等候息风的时机。明天早餐后炊事班要多烧开水备好干粮，让同志们灌满水壶，带好干粮，保障避风时能吃上饭。”大家听后拍手叫绝。

排长马占臣根据大家所谈讲了三条：“一是怪风恶风不要怕。风再怪、再猛、再恶，总有个起落时间，在风起之前和风落之后，抢时间巧妙干，就能保证建房进度和质量，绝不会耽误连队预设的搬家时间。二是要调整作息时间，5 点起床，6 点上班，待 9 点怪风起时，就避风休息吃干粮。下午等待大风落势之时，开始工作，至天黑之前收工。三是改变缮草方法，可以按照刘班长的办法，用铁丝和木条把房草扎在房料上，严防大风刮散。现在房草被大风吹跑了，储备草垛也刮散了，各建房组重新估算下需要的房草数量，明天派人去永仁县城购铁丝、买干粮、购房草。”

下午 3 点左右，怪风仍在狂吼，但明显没有中午那么大劲了，就如同一个落马的痞子躺在地上，虽还蹬弹着，但已经精疲力竭了。3 点后怪风落势更加显著，很快就可以行人了。排长马占臣让炊事班同志抓紧时间做午餐，保证大家有充足的体力抢时间干活。各班传达了马排长“怪风怒吼我安然，建房固本最关键，灵活机动巧周旋，避开怪风抢时干”的几条意见。同志们将行装放进篷内新的露天铺上，忍着饥饿，整理着被怪风刮得乱七八糟的房料以及成堆成捆的房草。吃过迟到的午餐后，全体同志都投入了紧张的清理工作中，把那些被怪风袭击后杂乱的场地重新整理得井然有序，一直到天黑才收工。副排长康志田随即派张柄魁、徐宪富和炊事班一人共 3 名同志，赶赴永仁县购铁丝、房草、干粮、蔬菜，顺便向当地政府和群众了解往年候风情况。到永仁县城时已近晚上 10 点，3 人找旅馆住下后，立即寻找有关人员了解候风过往情况，并分头张贴好收购 200 担房草的告示，待明天一早办完事，租马车赶回。

2 月 26 日凌晨（农历二月初七）3 点 30 分，炊事班起床备炊，5 点时，值班班长王体民吹响了起床哨。大家洗漱后，在 5 点 30 分吃早餐，6 点东方刚发出第一缕白光时，同志们都已进入了建房工地。因昨天刮怪风，很多同志夜晚休息时都感到寒冷无比，冻得睡不着觉，大都两人合了铺，铺双层褥子，盖双层被子，互相抱团取暖休息。早晨，天依然那么冷，同志们只有把保暖的衣服全穿上。

早晨主要的任务是清理昨晚没有清理完的房料和房草，对第三栋房重新起架、装备，加固桩、柱、梁、檩。8 点 40 分左右，张柄魁等 3 名去永仁县购物的同志回来了，他们买回两捆细铁丝共 100 斤，两把大剪刀，20 把手钳子，以及蔬菜和干粮。副排长康志田安排他们到伙房弄点吃的，整理行装，准备到山脚避风。

9 时许，北方远山天昏地暗，怪风又准时卷土重来。排长马占臣望着黑沉沉的风头，让同志们赶快停止工作，携带行装，灌足茶水，到昨日东山脚下的避风处休息。一时间，同志们都迅速集合到了东山脚下的避风处，怪风如期而至，卷着黑乎乎的尘杂铺天盖地而来。而此时，大家却没见到康志田、张柄魁、徐宪富三人和整个炊事班的同志，排长马占臣立即派 6 名同志上山接应。

下山路口很拥挤，副排长康志田在此看到几名同志为下山避风，连水壶都没带就往山下跑，他立刻对同志们喊道："大家不要慌，要镇静。"他又跑回伙房，安排大家，把伙房里吃的东西都盖好，熄灭灶火，进行完安全检查后和大家一起走。这时有同志讲，锅里还有两半桶开水，志田说，开水不能丢下，盛到桶里我担着。他抓了个扁担就去挑开水，被同志们抢去。志田又把干粮和一些生活用品均摊给同志们，急忙率大家下山避风。志田带领大家在大风中拼命前行，寻找避风处。途中迎来了排长派来接应的6名同志，大家共同分担行李，一起下山，赶往避风处。

同志们看到康排长同伙房的几名同志冒着怪风、担着开水，还背着大家的干粮，从心眼里敬佩和感激。有几名同志因为当时惧怕怪风，水壶没有灌水就自行跑下山来，现在心里感到很内疚。志田对大家说："今天，炊事班烧的开水多一点，撤离时大家说，不能把开水留给怪风喝，要带着让同志们喝，所以把开水都担来了。哪位同志水壶没有灌开水的、喝水多的，趁早把开水分担了吧。"接着，炊事班的同志为大家灌开水、发干粮。

风越刮越大，山角避风处同昨天一样阴冷，同志们又把被子披在身上或趁山势躺下睡觉。排长马占臣和副排长康志田商量召集各班长开会。这次会议一要听听张柄魁昨天在山下永仁县了解到的怪风的情况；二要重点商量一下用细铁丝扎建房顶的事，如何扎才能省料、省力、牢固。

在山脚避风处昨天议事的地方，班干部都到齐了，排长马占臣说："今天临时召开全排干部会，评估一下怪风给建房带来的困难和影响。怪风能刮多长时间、风力多大、杀伤力等具体情况，我看还是先听一下柄魁同志了解到的情况。"张柄魁同志说："昨晚，下山时天已经黑了，到永仁县已近晚上 10 点了，我们找旅店住下就找店主了解这怪风的情况。店主说：'我们只知道这几天是刮龙卷风的时候，其他的一些事情都说不清楚，你找门外卖烟酒的老头儿去问。'我们买了老汉一包烟，坐下来向他请教昨天刮怪风的事。这位老人问我们是哪里人，在哪儿住？我们向他说了我们是首批工役制工人，来云南修筑国防公路的一些情况，老人惊讶地说：'哎呀，你们不知道，这风刮得厉害着哩，听老辈传说，每年二月天暖和了，北江（指金沙江）的两条龙闹春游斗，卷起的大风叫龙卷风。这风昨天又刮起来了，这里每年二月都要刮八九天的龙卷风，县城好多了，在风的边缘，往上去三四十里路，风口刮得连人都站不住。'我们问老人，这风啥时候起、啥时候落？老人说：'从往年看都是早饭后起风，半下午落下来。'你想，二龙闹春游斗那不都在大白天吗？我们又问老人，这风有办法防备吗？老人说，你们年轻人都傻着哩，这龙卷风要刮，怎么防？谁也防不住。听人说从县城往上去四十多里风口处，刮得连树都不长，那是一片没村庄、没人烟的地方。我们对老人说，‘我们就住在四十多里外一片只有狂草、不长树木的山顶上。今天上午，刚建好的两栋草房被大风掀得一干二净，房料被刮得乱七八糟，我们连夜赶到这里买东西防风’。老人说，这龙卷风你防不住，它天天刮你有啥办法，你们住的风口处要建房上工，还是等几天风停了，小心点，别伤了人。听老人讲了龙卷风后，我们仨人在旅店很长时间没睡好觉。”

听张柄魁汇报情况后，排长马占臣说：“大家听到了，这是一场大风灾，一刮八九天就到了三月里，我们只有和龙卷风周旋了。按昨天定的风起停、风落干，我们必须分秒必争，绝不误工，最迟三月初全连搬家。下面大家讨论一下具体如何用铁丝扎盖房顶的事。”副排长康志田说：“昨天我和六班长专门讨论过此事，叫子让给大家说下，大家可充分讨论，找出最好的办法。”六班长刘子让把铁丝扎房顶的过程概括为两句话：“两尺一压掀不动，一米一扣倍加宁。”也就是说，在缮房草时上下两尺横压一道铁丝，紧扎在两头的房料上，中间约一米，用剪短的铁丝内扎房料、外紧系横丝，使其结为一体。“简单说来就这些，大家商量一下，看是否可取？”大家听后都拍手叫好。排长马占臣说：“就照这样办，风停后马上开始干。”他环望一下大家，想看看还有没有人补充发言，大家都无言，占臣说：“好吧！就这样，散会。”

经过三天与龙卷风抢时间后，前两栋的上顶房草已全部缮完，并用铁丝横扎、竖拦、下扣固为一体。几天的龙卷风一次又一次地摧拍、掀打着，但是两栋房子直立如山，安然不动。

3 月 1 日，两个建房组开始合建第三栋房子。这栋房子被风吹得尤其厉害，几乎柱倒房倾，整个房架都需重新一个一个加固架起。因为很多房料被卷跑，得继续上山砍伐。原收购的 200 担房草中，前两栋已基本用完，需再购房草 50 担、铁丝 50 斤，副排长康志田仍把购物一事交给张柄魁和徐宪富二人。前两栋房子夹山、泥墙在龙卷风到来前已基本完工，不过也被风刮倒掀翻了一部分，仍需修复。

几天来，全体同志早起晚睡，巧妙地同龙卷风抢时间干，中午用干粮简单充饥。风起寒来，即使避风时披盖着被子，仍是阴冷袭人，少数同志顶不住了，感冒的病号日趋增多。炊事班每人每天增加一碗酸辣汤用于生热驱寒，但也扛不住这阴风寒潮。全体同志虽然耐得住小病不下火线，咬紧牙关抢时间干，可一有重病号就是大问题了。七班长王体民和八班工人杨崇芳得重感冒，高烧39摄氏度，全身发烫，呼吸困难。副排长康志田立即同孙传由等三人将两人架下山，另派一名同志急速下山，奔永仁县或中途寻找车辆送病号。正巧山下不远有辆马车正在卸货，志田和同志们赶到，讲明病号的情况，车主很愿意帮忙，卸货后，乘车打马飞奔着将两名病号送往永仁县医院。经紧急输液治疗，二人脱离危险。副排长康志田安排一名同志在医院护理病号，又找医生为病情稍轻的病号开了一些感冒药，便立即和同志们连夜返回工地。此时，已是深夜。

第二天凌晨起床后，志田向排长马占臣汇报了两名病号的情况，并把感冒药交给占臣，占臣立即召集各班长领药，分发给轻病号，并嘱咐大家多喝热水。经过治疗，两名住院的重病号病情大为好转。第三天刚上班，王体民、杨崇芳就闹着要出院，医生劝说道："你们是发高烧的重病号，幸亏抢救及时脱离了危险，但你们的肺部感染厉害，得经过一段时间的治疗才行。我是医生，我得对你们负责，现在不能出院，要马上输液和观察治疗。"两人无奈，只有听医生的话继续接受治疗。但他们私下商量着，如若现在不走，还得几天走不了。体民说："干脆给他来个小鬼不见面，拔针走人，若有人知道了就说上街吃饭去了，留下孙传由在这结账。”下午医院上班后，医生没见到王体民、杨崇芳两名病号，只有孙传由在病房，医生就问病号上哪去了？孙传由如实汇报了情况，并说：“现在工地施工紧张，任务急迫，又怕你们不准出院，偷跑了。”医生听了很生气：“太不像话了，偷跑了！他们就不知道这病有多厉害，严重的会要命的！”但医生总是关爱病人的，给他们每人开了一个星期的药，并嘱咐道：“这两人若有大碍，赶快回医院。”孙传由办完出院手续，提着药物往回走，在永仁县东街一个百货门市部门前与王体民、杨崇芳会合，此时已是下午3点，是龙卷风息落的时间，三人急忙赶回三连。

三人赶回连队已是晚上7点多，正是晚饭时间，同志们见到他们仨回来，都惊奇地上前问好，结果孙传由直接揭穿：“他们俩是偷跑回来的。”大家哗然大笑。王体民向两位排长汇报了情况，占臣拍着体民的肩膀说：“好样的，偷着出院了！”副排长康志田急转话题：“你们俩身体到底怎么样？不行的话，明天在工地服药休息，观察一下病情。”王体民说：“任务这么紧，我们偷跑回来就是干活的，你甭问，我们明天一定得上班！”在场的同志都不由自主地竖起了大拇指!

避开龙卷巧妙干，安家工程锦标添。3 月 3 日（农历二月十二），二排全体同志遵照伟大领袖毛主席“下定决心、不怕牺牲，排除万难，去争取胜利”的教导，顶着龙卷风的暴袭，冒着阴风寒潮的打击，带着“沉重疾病不下火线”的英雄气概，忍着饥渴，终于把第三栋安家房建起来了。房顶仍用铁丝攀扎，牢固如铁打，龙卷风再狂也掀不动。有的同志风趣地说：“吴三桂在昆明建了铁宫殿，也没当上皇帝。我们在这马鞍山上建起了铁扎工棚，却成了这里的主人!”真是：

奉献时代众志诚，多难历练踏关平。
欲问苍穹谁给力，主席思想化人龙。

第三栋工房建好后，原来从两个建房组抽调的负责夹山、泥墙工作的同志全部转入第三栋房的工作。又从全排抽木工 8 人上山伐木，制作安装房间的简易柴门。五班、六班全体同志转入修建生活水池。七班、八班开挖修筑下山的左右两条便道。二排全体同志马不停蹄投入全连进驻前的居住设施、生活设施、便道修筑和院落平整、安防设施等各项工作。至 3 月 4 日（农历二月十三），怪吼的龙卷风终于基本停息，但每天还有 4—5 级的大风，此时，同志们觉得，能在这种状况下工作，已经足够幸运了。

3月6日下午，连长朱宝学、指导员李天增、财务员罗永太和工程员潘兴武乘坐孙增言赶的马车，沿老山路和近年来各连开挖的路基，一路颠簸来到驻地上山路口。排长马占臣、副排长康志田急忙下山接他们，可孙增言的马车因便道不通，上不了营房，副排长康志田随即查看了左右两便道的修筑情况。见右便道地势平缓，还有六七米的路程不能通车，随即叫七班长王体民把全体同志调过来，合力在天黑前修筑好右便道，要让孙增言的马车夜晚进驻营房院内。

正在进行各项工作的同志，一听说连长、指导员等连队领导来了，都丢下手头的工作，跑来欢迎。连长、指导员等4人急忙和他们一一握手问好。朱连长说：“同志们！大家辛苦了！现在你们正在抢时间大干、苦干，迎接全连搬家。看样子我们很快就团聚了，今天我们不走了，晚上有时间说话，大家各自干工作吧！”同志们走后，排长马占臣和副排长康志田想让连长、指导员到一个房间休息一会儿、喝点茶，指导员李天增立即说：“我们先走一圈，看看营房和其他设施的建设情况。”两位排长领他们4人先看了前两栋居住营房，看见房顶的草全部是用铁条盘扎的。指导员问："怎么回事？"排长马占臣简要汇报了在建房中遭遇的龙卷风袭击事件，大家听后赞不绝口。大家又一一到室内查看了各班、排的住房，夹山、内外墙，都做得很漂亮，简易柴门也安装得很适当。整个院落虽然刚收拾好，看起来也大方，厨房、餐厅都很宽敞，是一个很实用的大院。厨房西面的生活水池正在修建中，已进入尾工。总体来看，营房和其他设施建设都比较好，大家很满意。朱连长说："占臣、志田，你们任务完成得好！我们全连马上就可以搬家了，我代表全体同志感谢你们！"

看完整个工地后，两位排长把连长、指导员 4 人领进一个房间，占臣简要地汇报了整个工作，志田在关键时刻补充，两人配合默契。听完汇报后，大家公认二排全体同志在这 20 多天艰难的建房安家期间，能活学活用毛主席著作的精神，用毛泽东思想武装头脑，战胜重重艰难险阻，把脚跟牢牢地扎在自古无人涉足的马鞍山顶，按时保质保量地修建连队营房和各项生活设施。汇报后，大家都拍手叫好。朱宝学连长说："二排全体同志在这里创建了人间奇迹。"

时针已指向晚上 6 点，下班的时间到了，占臣和志田要求连长、指导员给大家讲话。朱连长说："我是大炮，讲话不行，到时候还是请指导员讲吧。"指导员说："听汇报后，深受感动，讲就讲吧！"

晚饭前，值日班长安玉先吹响了集合哨，队伍集合完毕，排长马占臣说："同志们！今天连队4位领导来检查工作，也是来看望大家的，现在请指导员讲话！"在热烈的欢迎掌声中，指导员快步走向集合队伍中心。"同志们好！大家辛苦了！近来同志们在这人迹罕至的马鞍山上，活学活用毛主席著作，用毛泽东思想武装头脑，发扬我党大无畏的革命和拼命精神，克服了重重困难，攻破了层层关口，你们按时顺利地完成了全连扎根安家在马鞍山顶的光荣任务。我向你们表示祝贺！并代表全连同志感谢你们！刚才听了两位排长的汇报，讲述了同志们在这里艰苦奋斗、克难攻坚的革命精神，那真是'前进一步一道关，脚踏关口拼命干，营地遍是血汗痕，二排奇迹越凡缘'。咱们的朱连长听汇报后说：'二排在这里创建了人间奇迹！'这些都是我根据朱连长的讲话总结的。同志们在这短短的20多天里，攻克了道道关口，越过人间很难逾越的难关，像《西游记》里唐僧师徒去西天取经一样，经历九九八十一难，终成正果。"

接着他又讲了初来荒山扎营，徒步艰难跋涉、露天草铺宿营、狼群野兽袭扰、吃水攻坚克难、怪风席卷建房等方面的步步过关、迎难克坚情况。同志们巧妙地与怪风对着干，创造了用铁丝扎房顶、龙卷风再狂傲也刮不动的奇迹。

指导员接着说："同志们说得好：'吴三桂来云南，在昆明建了铁宫殿，也没当上皇帝。我们在这里建起了铁扎的工房，却成了这里的主人。'这话说得何等好啊。二排要把近期在这里进行安营建房工作的情况很好地总结一下，我给你们向上级请功！其他不多讲了，再重复一句话，同志们辛苦了！谢谢你们了！"一阵热烈的掌声响起。

晚饭后，指导员李天增同连长朱宝学一边商议，一边同占臣、志田往永仁方向走走，查看三连整个施工路段的地形、地貌等情况。占臣、志田领路，永太、兴武同往，大家翻过右侧的山林，沿着崎岖不平的山间小道，一直走到与四连工地连接的标志牌处。看起来这段工程除小山林工程量较大些，其他各段地势都比较平坦。返回时，朱连长问大家："马鞍山这段工程哪个最险要、最重要？"工程员潘兴武说："在我看来路过的那个大山谷是我们连最难啃的一块硬骨头。”大家一致认为兴武说得对。

三连与十连相接不远的无名大谷，山谷口直径千余米，谷深、崖陡，铺路奠基要上千方土石，工作面小、施工难度大，这是三连在马鞍山最艰难的施工点。徒步行走时，指导员提起搬家时间，占臣和志田说：“这里各种设施建设，到明后两天可彻底完工，等候全连搬家进驻。”朱连长说：“那好，咱们就 3 月 9 日搬家吧！”指导员说：“基本可以这样定，占臣、志田你们看咋样？多想一点，还有什么问题吗？”占臣、志田同声回答：“没问题。”朱连长说：“说搬就搬，就这么定了。”回到营地，时针已指向近 9 点了。

副排长康志田下午就已安排好了几位领导的住处，位置在前排东头就是准备在连队搬家后安排作为连部办公室的房间。他们径直往那里走去。住房内没有什么床和凳，只有宽敞的草铺。

劳累一天，几个人在草铺上睡得都很香甜，大家一觉睡到预定的时间。第二天凌晨 5 点多，连长、指导员 5 人在炊事班用过早餐，东方天已朦胧发亮，同志们还没起床。排长马占臣、副排长康志田将几位领导送到下山路口，乘坐孙增言赶的马车，回元谋县马头山工地了。

3 月 7 日晚，元谋县马头山村三连部院里，由我主持召开全连班以上干部会。朱宝学连长说道："元谋县马头山工地建筑工程已提前竣工，我连要在 3 月 9 日搬家，要去最艰苦的永仁县马鞍山工地安营扎寨。二排已在那里建好了营房和各种生活设施，欢迎大家入驻新工地！有关搬迁事宜由指导员安排。"指导员说："本来有些事情应该由连长布置的，俺俩不分家，连长叫我说我就说了，我只讲搬家前的注意事项、纪律规定和几点意见。时间紧迫，大家回去做好工作。一是搬家前做一次全面纪律检查，因为我们的同志都住在群众家，每排、每班、每人按'三大纪律、八项注意'对照，在平时交往中是否有损害群众利益的事情，以排为单位组织人员登门拜访，征求每户意见。搬离前更要发扬光荣传统，将每住户院落打扫干净，水缸打满水，向各住户表示感谢，以礼告别。二是禁止乱吃请、饮酒、酗酒和相互赠送金钱礼物。经支部研究，每住户以连队名誉赠送一本毛主席著作，要在马头山村留下毛主席派来的工役制工人的好形象。三是各班、排检查、盘点、领取、使用的各种工具方面，能带的工具全部随人带到新工地，不能带的较重器械、工具、床板和其他集体物资，做好登记，存在队部，待以后运走。

另外，后勤人员明天要为每人准备两天的干粮。经支部商定，由少良同志负责留守工作，王长林、江宗汉协助工作。其他不多说了。回去传达搬家撤离意见，有什么问题及时向连部报告。”

三连搬家的事，不知怎么传得这么快。老城公社几个大队和其他公社个别大队都知道三连 3 月 9 日要搬家了。公社和十多个大队陆续派人分别带着感谢信、慰问信到马头山村三连表示感谢、慰问和欢送。

近几个月来，三连的同志们经历了千辛万苦，排除各种艰难险阻，以革命和拼命的实干精神，保质保量提前修筑完成了自己家门口的国防公路；在附近各公社、大队，各少数民族兄弟之间广泛举办了文艺演出活动；积极宣传党的路线、方针、政策和当前形势；在马头山村开办扫盲夜校，提高了各族同胞文化知识、政策水平。公社、大队的各族同胞，发自内心地表达了自己对工人们的感谢，他们真诚地进行慰问和欢送，鱼水深情溢于言表。其中几个少数民族大队还专门成立了民族歌舞队，他们在队部院内、队部门外以及新修的国防公路边载歌载舞，山村一下子沸腾了。由公社、大队、少数民族代表开展的慰问和欢送仪式接连不断。一开始，由连长、指导员和我负责迎接，表示感谢，讲几句话，后来，连队几个干部都分别出来迎接欢送队伍。

我们原本定于 3 月 9 日上午 8 点搬家撤离，却一直推迟到 10 点才开始出发。出发时，同志们都眼含热泪，望着欢送的人群，一步一回首，向亲人们挥手致意，踏上前进的路。各族人民群众簇拥着搬家队伍送了五六里路才止住脚步，挥泪告别，真是：

工农本是一家人，手足情谊似海深。
今有党的好领导，改天换地皆知音。
离别亲人踏征程，何控儿女共沾巾。
玄苍之下皆兄弟，天涯之间若比邻。

搬家队伍由三人一辆的架子车组成，第一辆架子车上打着首批工役制工人云南 1013 工程连的队旗，紧接着是 1013 工程连各排的旗帜，大家排成一字方阵，红旗招展，盘旋在弯曲的山道上，犹如游龙腾空，雄壮有力。

经过近两天的艰难跋涉，大家到达了永仁县马鞍山顶的新工地。在新工地宿舍，大家首先按班、排区分整理了个人铺位和行装。由于道路不通，汽车过不来，床板全滞留在马头山工地，驻地从上到下只能睡在蒿草铺地的大铺位。考虑到近期在马头山第一段工地，同志们带着舍身拼

马鞍山顶战友留影，从右至左分别是任家祥、何培信、朱宝学、罗永太、闫少良、康志田

命的精神、完成任务的劳累以及搬家跋涉的辛苦来到新的驻地，应当熟悉下地方各方面的情况，因此，连队决定全体同志放假两天，可到自己开挖的蓄水池下游洗衣、擦身，可到山下永仁县城购物、休闲。放假前，为确保安全，连队教育大家，这里是千古无人烟的荒山顶，当前阶级斗争很复杂，前段时间安家时还不断有野兽出没，因此，连队规定，假期外出必须3人同行，不许两人或单独行动，更不许走远。

在休息时间，朱宝学连长和工程员潘兴武、技术员周道言（周道言是第一段工程中由公路总局委派的施工技术员，四川人，为人正派耿直，工作认真负责，道路施工技术精准，是三连难得的施工技术指挥人才）带领三位正、副排长，整体查看了新工地的路段情况，商量着路段分工。指导员李天增和文书李永炎、后勤排长任家祥等同志一起讨论着，在这段艰难的工地生活中，如何学习毛主席著作，如何以毛泽东思想为动力，“抓革命，促生产”，突破重重难关。晚上，在连队的两间办公室内，昏黄的烛光下，全体连队干部会议正在召开。大家讨论了在元谋县的第一段工程时期，各班、排干部的任职表现、领导能力、工作成效等情况，对工作进行认真总结，准备选贤任能、提升任免，调整和充实班、排两级干部。

经过全体连队干部的畅所欲言、推先荐贤、反复论证，做出康志田同志任后勤副排长兼任生活管理员，王泽坤同志任三排副排长等涉及9名班长、副班长任免的人事决定。调整后，指导员李天增提出：“现在全国掀起了学习毛主席著作的高潮，团、营领导多次安排把学习毛主席著作放在各项工作的首位，用毛泽东思想武装每个同志的头脑，‘抓革命、促生产’，去争取各方面工作的胜利。大家看我连，现在如何抓好学习？如何把毛泽东思想运用到实际工作中去？”连队干部反复讨论认为，首先应从自身学起，带动全连同志的学习。学习和思想上的标杆不好立，但也得有个标尺来监督测量。最后定下了一个“土标尺”：一是每人每两天熟背并会写一条毛主席语录，一个星期不少于3条，由班、排进行检查测试。二是每月各排在总结工作的同时，组织一次学习毛主席著作讲用会，连队干部下各排参加会议听讲。三是连队每三个月召开一次学习毛主席著作讲用会，请营领导听讲指导。学习毛主席著作，用毛泽东思想武装头脑，更重要的是将所学落实在思想、行动上，落实在抓革命、促生产、促工作上。

讨论决定了深入学习毛主席著作之后，朱宝学连长讲了全线工地工程情况、当前开挖路基工程与全连同志生活用水的矛盾。“从三连的居住和整体工程的形势来看：东有无名大峡谷，西有一条林带和小高岭。运料车、运水车都被挡住了来路，当前最要紧的是开挖奠基两段工地。对于整个工程面，三个排的兵力只能上去两个排，另一个排专供全连吃水、用水，要在4000米外的山下担水、抬水也是够困难的。大家讨论讨论，在当前极为困难的情况下，工程如何分工？工作如何干更有利？”连长接着说：“我同指导员、潘兴武、周道言同志简单议了下，全线工程先上两个排，一排居东，三排居西，一排首战重点放在无名谷上，尽早实现东部通车；三排首战重点放在西林带和小高岭上，争取尽早让西部通水车。全线工程由潘兴武、周道言同志计算各路段工程量，先等量分给一、三排，以后根据情况再做工程调整，二排全体同志比较熟悉地理地貌，负责全连吃水、用水。”大家听了连长的想法，表示赞同。

时针已指向晚上 10 点，散会。

第二天连队分层次宣布了班、排干部提升、任免、充实、调整意见，各排来新工地的任务和需要重点突破的工程点等诸方面的事宜。晚饭后，连队在新营地院里召开了第一次全体同志大会。会前，文书李永炎、后勤排长任家祥发起各排互相拉歌倡议。对歌声、讨歌声、欢笑声飘荡在两谷上空及远山，再也听不到初来安家时的猿啼狼嚎之声了。

二排的指挥员要一排长张再忠领唱：“张再忠，来一个！一排的，来一个！来一个，张再忠！”

在这激扬的氛围中，主持人潘兴武同志打断大家的呼喊：“静一静，会议马上开始，请指导员讲话！”在热烈掌声中，指导员步入会场：“同志们！大家休息两天了，该办的事情办完了吧?”大家应声:“办完了。”“今天来新工地改变下以往开会的方式，现在全国人民正在掀起学习毛主席著作的高潮，我首先和同志们一起学习。毛主席教导我们:‘什么叫工作，工作就是斗争。哪些地方有困难、有问题，需要我们去解决。我们是为着解决困难去工作，去斗争的。越是困难的地方越是要去，这才是好同志。’毛主席还教导我们:‘世间一切事物中，人是第一个可宝贵的。在共产党领导下，只要有了人，什么人间奇迹也可以造出来。’”

政治学习后，指导员宣布了对班、排干部提升任免、调整、充实的意见；动员全体同志自明天开始，以攻坚战斗的姿态，打好险要难攻的工程仗。会上，朱连长重点讲了各排来新工地的路段分工意见，强调了各排首要突破的重要工程点，要破解连队上下困惑不得自解的现状。“我们现在还比不上朝鲜战争中上甘岭战役缺水的艰难程度，为什么还要在这紧要关头拿出一个排的兵力，到 4000 多米的山下取水呢?因为水是滋润和保障每个同志生命不可缺少的宝贵物质，必须全力保障全连用水!我们现在还是遵守在这里用水的老规矩，除保障饮用水外，大家要节约用水，每人每天一瓢净水，洗脸、刷牙、擦身。每晚擦身后把脏水以班为单位收集下来，第二天抬到工地上打炮眼。”朱连长还讲了各单位要抓好施工安全和个人安全，后勤排派专人到永仁县和山下设法购买青菜，调剂生活，保障大家身体健康、能迎难而上。

会议即将结束，主持人潘兴武领唱，大家共同唱：“下定决心，不怕牺牲，排除万难，去争取胜利……”会议在嘹亮的歌声中结束。

一排长张再忠带着一、二、三、四班的正、副班长，在东接十连工地的无名大山谷口连走两趟，突然在无名谷的左上方停下，安排任务：“一班任务是自十连工地接口至左侧内谷口外20米；四班任务是自右侧内谷口20米至右侧外谷口以下100米；二、三班任务是将谷内口平分，二班居左，三班居右，内谷口外各20米。各班按照各自工程设计标准开挖，回填奠基，具体由工程技术员周道言、任永钦同志按图纸设计标准进行施工。各班带队同志明确任务后，抓紧安全施工。”排长张再忠不愧为原部队侦察兵出身，通过观察地形，心中就有了数，很快部署了四个班的第一段工程任务。

虽然无名谷狂怪的候风已停止了多天，但每天的风力还是不低于四五级。虽是三月的天气，但风刮得寒意逼人。

二班长陈德贵、副班长张长林，三班长王体民、副班长晋连成经测量，在连队工程技术员周道言同志的监测下，把内谷口中间上下平分线拉了起来。周道言又反复对两个班强调了施工技术标准、要点、安全注意事项等。两个班分左右开挖爆破、奠基作业。班界爆破点都在界线左右30厘米之内，两班互相配合，以炸开坚石为目的。两个班各把一侧，本着先易后难、由近到远、上下安全的原则作业。

在内谷分工的两个班每天用12套锤钎打炮眼，工地安排统一工作时间是早晨至中午11点30分前打好炮眼，接着装炮药、连炮线，12点左右全线爆破。下午各班搬运、回填。

“首批工役制云南1013工程连一排”的红旗插上了无名谷内口上方的制高点，一排四个班50多名同志在这里摆下了战场。铁锤钢钎叮当的打炮眼声、结伴撬石的号子声、镐钎不停地劈山挖石声、叮当滚石声、往返运土石的车轮声同四五级狂风的呼啸声搅拌在一起，声声如雷，振聋发聩，加上施工的滚滚烟尘，工地犹如古代战士厮杀的战场一般。

同志们日夜奋战，穿石打洞、劈山滚石，破大山之本体，填深谷为基石，横扫谷崖平一线，高山筑路变通途。在这火热的战斗中，人和大山相容，心中的火，呼啸的风，风助火威，高山只好慢慢低头。在这火热的战斗中，虽时有寒意，但这寒意早已被胸中的火驱散。同志们扔掉外衣，拼命地干，汗水、泥土搅拌成一身合体的衣衫，这确实是一身高档的“泥子衣”。跟每位同志说话时，只能看到他亮丽的服饰、口中的白牙、灵动的双目。真是：

工役工人好福气，每天一件泥子衣。

青山吐丝群仙织，不商非贾自然取。

晚上下班后，仅靠连队每人每天发的一瓢水洗脸擦身，身上的“泥子衣”连个胳膊也“脱”不掉。这逼着同志们下班后到4000米外的山下水池下游，“脱”下珍贵的衣衫，还原真体，各自再提回适量的水，第二天洗刷后打炮眼用。

劈山难、筑路难、吃水难、用水难，实在是让人举步维艰。但同志们豪情满怀地说：“此难比起工农红军两万五千里长征，一点也不难！”

山下的人们每天听到接连不断隆隆的炮声，看到天空阵阵黑乎乎的尘土散落，不知山上发生了什么可怕的事情。一天中午，山下三三两两的人们来无名谷一探究竟。来者多是少数民族的兄弟姐妹，进谷两侧都有警戒线，写着“施工重地，闲人免进”。谷左侧警戒线站满了人，排长张再忠以为出了什么事，立即赶到警戒线，见一班长王浮云正在给来者讲：“前面是施工重地，不能通行，里面很危险。”王浮云向排长汇报，大家想到里面看看施工情况。

来的群众知道这是排长后，都要求到里面看看。张排长对大家讲：“各民族的兄弟姐妹们，我们是从河南来的首批工役制工人，奉党中央毛主席命令，来这里修筑国防公路的。这里工地很险要，工作很紧迫，过里面看有危险，为此不能让大家全部进去看。为了安全，你们选出三个代表，我领着过去看看，这可以吧！”来的人群里，大家你看我，我看你，感到没啥可说的，最后推荐了三个代表，张排长让一班长摘下三名同志的安全帽，给代表们戴上，领着他们走向施工现场。

张排长边走边向同志们介绍：“山下各少数民族代表来看望大家了！”同志们在紧张的工作中挥手向代表们致意。代表们看到同志们热火朝天拼命地干活，卖力劈山挖土、撬山滚石、填土运石，感觉很新奇，更为好看的是两个人“叮叮咚咚”地打炮眼。当看到同志们都甩了上衣，光着膀子干，全身黑乎乎的，说话只能看到白牙和眼神，更感到稀奇。走进内谷口，首先看到山上插的红旗，接下来看到惊奇的一幕，一行“蜘蛛人”两人一组地在内谷山崖上系着安全绳打炮眼。排长向他们高声喊：“同志们！山下各族同胞的代表来看我们了。”上面立刻回声：“欢迎欢迎！”代表们十分惊奇和感动，仰望着他们，崇敬之情油然而生。一开始，代表们对同志们在这特殊环境下拼命忘我工作的状态感到有些害怕，以为不是真人在干活儿，一位代表问张排长说：你们都是哪里人？没等张排长回答，另两个代表都惊叹地说：“呦！是野人！铁人呀！”

将三位代表送出警戒线，在外等候的人们急着问代表们情况。三位代表都摆着手说：“了不得！了不得！里面都是野人、铁人在干活，把大山都劈了。”再忠看看怀表，已经11点了，对来的群众说：“再有一个小时，就要劈山爆破了，这里比较危险，都请回吧！”一群来者，你看看我，我看看你，大家都不愿意回。还是三位代表出来说：“排长，我们来就是看炸山的，还是叫我们在这看看吧!”排长张再忠一再解释:“爆破时不能近前看,有危险,发生问题我们担当不起。”来观看的群众又让三个代表给张排长交涉。“要我们在哪看,我们保证守规矩、不乱跑、不出事。”再忠见劝不走来看热闹的人群,就让一班副班长萧俊法把群众带到左边比较安全的小山坡下,等待观看放炮炸山的景观。他走入工地查看了各班施工情况。

11点30分左右,各班打炮眼的同志们停止打眼,打眼的同志和炮工陈应福、高良玉自内谷口二、三班上下界线,分左、右对炮眼装填炸药。两个炮工分片、段连接线路,捣实炸药,封紧炮口,做好爆破前的准备和安检工作。

12点左右,在左、右外谷口的两名炮工,互相左右摇摆红旗,然后上下摇旗,按动电钮,开始爆破。“5、4、3、2、1——开始!”只听由左右外谷口向内发出“轰隆!轰隆!轰轰隆!轰隆隆——”的声音,接连的爆破声震动四面群山。霎时浓烟沉沉、山石翻滚、尘土飞扬,任四五级狂风呼啸,卷起一条遮天蔽日的乌龙带,飞向天空。在左侧小山坡下观看爆破的来客,既惊讶又高兴地欢跳着、呼喊着:“哎哟,炸得好!哎哟,炸得好!炸得好！”

第三天，几位少数民族代表拿着一首他们写的民歌来找张再忠排长看，再忠把这事交给了我。在一个山坡上，我和几位少数民族兄弟姐妹反复唱了几遍，感觉很好，略加修改，就成了一首很好的民歌。

到现在，那歌词我还记忆犹新：

哎嗨！哎嗨！哎嗨！哎嗨呦！哎嗨呦！
工役制工人开山炮，
炸得高山低头了，低头了。
大沟填成路，崖子被炸掉，
世世代代出不了门，
年年盼着走出这山峣。
今天毛主席派人来，
来的是铁人和野人，
专门驯服这大山峣。
开山劈岭放大炮，
为我们炸出路条条，
我们要成为人间人，
可以到处走走了，
可以到处走走了。

晋连成

在这火热的战斗中，同志们每天进行政治学习，唱语录歌，拼命地干。打炮眼的同志，一开始每人两天要用掉一副手套，后来手套供应不上，三五天也只能发一副手套。手套烂得两边透肉，很多同志的手磨出老茧，鲜血直流。三班副班长晋连成把新发的手套让给同志，自己留烂的用，双手鲜血直流，请何培信医生用药棉纱布裹，仍持大锤砸钢钎，坚持不下火线。四班顾宗田，在三人合撬一块神前石（带根的石头）时，被一块破碎的飞石砸伤了右腿，腿部骨折，在工地就没能站起来，被强制送团部医院治疗。内谷口二、三班的同志上午集中打眼放炮，下午运石土填深谷。首先，撬大石，两三个人用撬棍先把大的石块推下谷，然后两人一辆架车，争先恐后，装石土填谷。在接近填石土的谷沿，设有一条安全警戒线，线上挂着警戒小红旗，运石土车到警戒线必须先掀石土，以防人车坠谷。二班杨松三因年龄较大，在推石土车填谷时，车到警戒线后没收住脚，连人带车填进大谷。架车翻着跟头，落到谷底。松三落谷丈余，滚到一块大石头上，幸好没有沉下，用绳子拉了上来，身上有几处擦伤。三班周心亮驾车推土石填谷，车到警戒线，线下石土塌陷，车坠深谷，心亮急退两步，才免坠谷。三班副班长晋连成，推石土填谷，架车快到警戒线处，觉得脚下石土松动，急忙把石土掀翻，人车安全退出塌陷区，险些人车坠谷。

撬神前石需要眼力和功夫，观察石块破动体，查找根体，选缝得力，合力安全撬之，石自下滚。撬神前石时，首先人要在安全的位置。三班副班长晋连成年轻力壮，干活有眼力，每逢撬神前石时，都是他带领同志们干。一次，晋连成自己首先上爆破点，撬掉几块根比较小的神前石，当他再撬下一块神前石时，石头突然落下，砸在撬杠上，把他右手两指砸破，鲜血直流。回连队包扎后，他又回工地带领同志们继续工作。工地天天开山炸石、打炮眼，用的钢钎越来越多，后勤排锻造修理钢钎的任务也越来越大。粗略计算，后勤排两盘炉，每天要为一排锻造、修理近 200 根钢钎。一天，一排急用钢钎及其他工具，代理材料员王树林和孙增言赶马车及时装货，送往一排工地。在回队的路上，刚修好的一段路塌陷，马车翻下山坡，王树林被砸在车下，孙增言急忙向工地呼救。大家把马车掀开，见王树林说话正常，但是躺着不能动，经何培信医生检查确诊，王树林腰骨骨折，被及时送往团医院治疗。

在无名谷紧张的战斗中，经常不断有同志负伤、染病。二班谢治品经常发低烧，四肢无力，有时咳嗽，何培信医生常拿最好的退烧药给他治疗，但低烧仍退不下。排长张再忠、班长陈德贵多次劝他休息，他却仍坚持带病工作。平时，他想到老家爷爷奶奶说的“走好病、卧好疮”，因此，他坚信和同志们一起热火朝天、说说笑笑地干活，病就会轻；坚信能用不断超强度的工作“治”好自己的病痛。他忍受着疼痛，咬紧牙关，和大家一起坚持开山凿岭，运石土填大谷。然而，他的体力一天天下降，后来脸色发白，低烧得更厉害。一天，他在运石土时，突然晕倒在地，口吐鲜血。班长陈德贵和同志们及时把他抬到卫生室，经何培信医生检查，只感觉治品的病很严重，但摸不清是啥病，必须送团医院诊断治疗。指导员李天增立即派孙增言、陈德贵赶马车送何医生和谢治品到团医院。经一天多的检查确诊，结果谢治品的病是谁都不敢想的恶症——白血病中晚期。何培信赶紧回连队向连长、指导员做了汇报，大家都感到非常震惊和惋惜。大家随即商量，二班副班长张常林以前在大队当过赤脚医生，现在换回陈德贵回班工作，专门在医院护理谢治品。明天一早组织有关人员到医院看望谢治品。

谢治品入院后，经过挂针、药物治疗，晚上精神好多了。他在病床上对班长陈德贵说：“班长，我这得的是啥病？那天我咋突然啥也不知道了。”德贵说：“你那几天不是咳嗽得厉害吗，经检查是病毒性重感冒，没事，过几天就会慢慢好了。”治品又对班长说：“平时我也觉得病不小，想着我年轻，相信爷爷奶奶说的‘走好病、卧好疮’的说法，想着对病扛一扛、走一走、练一练，掂起大锤砸钢钎不就好了吗？不知道咋就这么厉害？”德贵说：“人吃五谷杂粮，哪有不生病的？有病找医生看就行了，咱这住了院就保险了。”治品接着说：“毛主席教导我们下定决心，不怕牺牲，排除万难，去争取胜利。我真想把那大谷早日填好，筑起路来。”德贵说：“你现在应该考虑的不是填大谷的事，你是病号，任务是早日恢复健康，只有健康，才能很好地工作。好啦，天不早了，治品别多想，早点睡吧！”

第二天一早，连长、指导员一行人按计划来医院看望了谢治品，安慰他好好休息，听医生的话，抓紧治疗，力争早日康复，并把护理的任务交给了张常林。连长、指导员又到医院办公室，见了焦起林院长，向他介绍了谢治品是长期带病坚持工作、累倒在工地上的好同志，请不惜任何代价保其生命。

从病房里出来时，班长陈德贵是最后一个离开的，谢治品紧紧握住陈德贵的手说："班长，我还有很多话想和你说，别的都不说了，就一个要求，待我病好些时，咱们一起填大谷。你可要早些来接我啊。"德贵和治品的手紧紧握着，德贵微笑着说："放心，一定早些来接你回去。"治品笑着松开了德贵的手，德贵笑着离开。走出病房门不远，德贵再也遏制不住，痛哭一场。领导和同志们也都无不伤心落泪，连长和指导员几位同志迈着沉重的脚步离开了医院。

谢治品长期带病坚持工作，病倒在工地，患白血病住院的消息一时传遍全连，同志们都非常震惊，想到医院看望，但因工程任务紧张，连队决定以排为单位派代表看望。大家都清楚谢治品的病情，同志们的情绪一时很低落。连队为此召开了全体同志会，开展了安全施工、预防事故、调剂生活、保障健康、预防疾病、有病早治的教育，讲述谢治品同志的可贵精神，号召同志们向治品学习，要学习他大无畏的革命精神。毛主席教导我们“要奋斗就会有牺牲”。谢治品同志的这种精神是三连的骄傲，值得大家学习，但要杜绝一切不必要的牺牲和损失，保障健康的体魄，为今后的革命事业奉献力量。经过连队的教育，提高了同志们安全施工、谨防事故、注意健康、预防疾病的意识，也让思想和精神重新回到如火如荼、龙腾虎跃的施工现场。

谢治品同志在团部医院治疗期间，医院对使用针剂、药物以及生活需要均采取特供措施，开展精心治疗和护理。一次，治品突然病重昏迷，医院指导员谢子英，医生汤振平、郝继英、刘美荣为抢救他，守护病房一天一夜，不断观察病情、调整针剂、把脉，对症下药。此时，连队也在紧张的施工中，但每月还是两次派代表轮流看望治品。

七月的一天，三连突然接到医院通知：“根据谢治品同志的病情发展，医院请示团党委，准备近日将谢治品转河南省人民医院治疗，以便家属看望和后事处理。”第二天连队排以上干部、治品所在二班班长陈德贵集体去医院看望了谢治品同志。

汤振平

郝继英

刘美荣

时转50年以后，一次偶然的机会，我到开封市中心医院拜访老战友，邂逅当年团医院的汤振平医生，他对我讲述了当时护送谢治品转郑州治疗，以及后来谢治品病故的一些情况。

一排全体同志在激战无名谷的战斗中，认真学习毛主席著作，用毛泽东思想武装头脑，发扬了我党勇敢战斗、无坚不摧的大无畏革命加拼命精神，大干、苦干了32天，完成了无名谷变通途的光荣任务，一个大“几”字形的路基坚实地闪亮在马鞍山上，这其中亦有谢治品同志的功劳。

进驻马鞍山动员会后的第二天，三排在排长蒋文生、副排长王泽坤的带领下，由工程技术员周道言、任永钦计算协调，对4个班的工程做了路段分工。九、十班分配在要抢时间突击完成的西林带和小高岭路段。西林带大部分在九班地段，小高岭偏十班的地段。两个班的两块重点突破工程，恰似“难啃的硬骨头”。

开始施工前，“首批工役制云南 1013 工程连三排”的红旗就插上了小高岭的上空。看着九班首先要突破的西林带，班长张万起、副班长赵得臣合计着，这需要砍伐 300 多棵大小圆木，其中单人合抱这样粗的圆木近百棵。而且伐木后，开挖路基、挖树根，要比爆破山石困难得多。初来新工地，伐木工具就是锯、斧、刀等原始的东西，还是二排安家建房伐木时用过的破旧工具，添置新伐木工具迫在眉睫。再者，九班的同志们都没有干过伐木工作，缺乏基本的伐木技术，一时间全班同志都产生了畏难情绪。排长蒋文生看出了大家的思想问题，与副排长王泽坤商量着如何帮九班开展工作问题。泽坤请命说：“排长，由你把握排的全面工作，我到九班与同志们一起打这个伐木凿道攻坚战。”

晚上，王泽坤同正、副班长请来了技术员周道言，与其商量如何伐木开道。泽坤问道言：“以往你经手的筑路山林伐木都是如何办的？”道言说：“以前，穿林伐木修路很少，好像伐木都是当地政府安排好的，因为山林归国有，山林伐木必须经当地政府批准，都是政府负责办的。”泽坤说：“我们都看到了，这西林带的树木都是好木材，又是国家财产，伐后放哪去？扔在山沟损坏了可惜，放又没地方放。现时国家建设正处于困难时期，急需这些木材，怎么办？”道言说：“关于这个问题，明天可到永仁县向有关部门反映，请教他们看怎么办好？”泽坤说：“好，我马上向连长、指导员汇报，明天我们到永仁县去，万起、得臣明天先带同志们砍伐一些小的树木，把树干和树枝往山下扔。”

第二天早上5点，道言、泽坤就起床往永仁县赶。他们先赶到县林业局，办公室主任和局长亲自接见。泽坤、道言说道，国家首批工役制工人修筑国防永仁段公路，途经马鞍山一林带，有大小树木300余棵，涉及林木砍伐政策、办法，特来请教。林业局局长当即答道：“山林树木归国家所有，需经批准有计划地砍伐，严禁个人和任何单位私自砍伐。你们所谈的情况很特殊，是为了国家建设需要，不过咱们县林业局没有批准砍伐权，咱们一起找县长汇报。”

林业局局长、办公室主任带泽坤和道言来到县政府，见到主抓林业的副县长。副县长非常热情，因为他平时听到不少关于马鞍山修筑国防公路的胜利消息。听完汇报后，副县长对来者非常敬慕，立即与楚雄彝族自治州有关领导联系，当即确定由林业局负责办理此事，把县里平时最需木料的单位排下队，按需求分配给他们，销售木料的价格低于市价 40%，所得木材款统一交财政局，限日自伐、自存，待公路修好，自运。副县长将道言、泽坤送到门口，紧握着他们的手说："你们辛苦了！"道言、泽坤说："谢谢领导的关心支持！"走出县政府，林业局局长对道言、泽坤说："马上把县机关单位、企业、事业单位急需木材情况统计好，下午召开伐木会议，明天中午各单位派代表去你们那，标树、画号做分配，限 3 日之内将树砍伐完毕，量材存放。"道言说："西林带面积广、林木又大，3 日有点太紧张了。"林业局局长说："那就按，5 日吧。请你们到局里再坐坐。"泽坤说："谢谢局长，不再坐了，工地施工紧张，我们该回去了。"大家握手告别。

道言、泽坤回队后，把永仁县政府对西林带修路伐木的意见和做法向连长、指导员做了汇报，连长、指导员非常高兴："县政府真是解决了我们伐木凿道的大问题，要购的伐木工具也免了。"泽坤向排长蒋文生通报了情况，排长决定在通道林木伐完前，九班先开挖与一排相接的路基工程。周道言同王泽坤带领2名同志将林带开挖路基两边撒上了白灰线，等待林业局带领各个需要木材的单位标树、画号。

第二天，永仁县林业局带20多家需要木材的单位，来林带定树、画号、求材，记棵、量方都由林业局负责，伐木后临时存材点由道言、泽坤指定，原则是不影响开挖路基和较近的开阔地。周道言同志指挥全连施工的任务，伐木期间现场指挥各单位存放木材的工作由泽坤、郝挺进同志负责。

伐木工作由需材单位进行，第四天已基本结束，尚有两三个单位伐倒的较大树木还躺在开挖工程现场，第五天上午，他们量材打截，很快存放好了。下午，副排长王泽坤请连长、指导员、技术员周道言、排长蒋文生等人一起查看西林带伐木现场，井然有序的现场让大家赞不绝口！“在举步艰难的西林带伐木这件事上，周道言、王泽坤两位同志既考虑到国家山林砍伐政策，保护了国家建设木材，又借兵轻松伐木开道，真是有远见卓识，立了大功啊！”大家不由自主热烈地鼓起掌来。

西林带伐木完毕，九班在班长张万起、副班长赵得臣带领下，立即转入西林带的路基开挖，按照林带间道路工程设计标准，展开了拔根挖基攻坚战。俗话说“树好伐，根难拔”，实际上，挖树根也真是不容易的事。没有专门拔根的工具，全班同志先挖后拔，干得热火朝天。大家挖的挖、撬的撬，然后用绳子套上，用人拉、用车拉，树根被艰难地拔出土。接着，小树根用装架车运走，大树根就合力边拉边撬地搬走。就这样，大家在副排长王泽坤和两位班长的带领下，信心百倍，劲头十足，加班加点抢时间干。在合力搬移大树根时，大家高声齐唱：“下定决心，不怕牺牲，排除万难，去争取胜利”。经过十多天的艰苦奋战，西林带的公路路基初现雏形。

一天中午，九班工地路基右边那棵大树因挖土石时损根严重，突然向着九班正在拓路基的同志们歪倒。副排长王泽坤见状急忙大呼：“躲开！快躲开！树倒了！”大家闻讯后本能地急忙躲开，但李心亮、刘振章两位同志正在紧张地进行挖掘工作，躲闪较慢，眼看就要被砸中。说时迟，那时快，王泽坤一个箭步上前，使尽全力用双手把他俩推开了。然而，他自己却来不及躲闪，被大树重重地砸在身上。同志们急忙大喊：“王排长！王排长！”而泽坤只能应声，却动弹不得。班长张万起立即组织大家抬树砍树枝，副班长赵得臣飞快地跑回连部找何培信医生救人。同志们将泽坤从树下拽出来一看，还有一个断枝扎在泽坤的左腿部，树枝拔出后，泽坤的腿鲜血直流。见此情景，贺来民立即撕开自己的衣服，先将伤口捂住。张万起随即将泽坤的头抬起，抱在自己怀里，但伤口透过扎布，不住地往外滴血，张万起马上让郝挺进快去叫何医生。话刚落音，何医生和赵得臣就赶到了。何培信医生原本在部队任过急救分队长，对外伤拿得准，他到现场后，见泽坤面色发黄，伤口不断流血，地下已淌鲜血一片，就知大事不好，伤了大动脉。何培信当即取出手术刀子、止血钳，将扎布拿掉，稍加消毒。何培信用手术刀划开伤口后，见一处动脉血管被扎破，他急忙用止血钳将动脉出血口夹住，流血虽然止住了，但失血太多。

孙增言赶着马车到达现场，同志们提前把泽坤的被褥铺在车上，大家将泽坤抬上马车，万起坐在车前托抱着泽坤的头，何培信医生紧护着泽坤伤口的止血钳，贺来民与张万起来回轮换护理着，孙增言赶着马车急速前往团医院。当连长、指导员赶到现场时，马车已走远了，他们立即回连队向团医院取得电话联系，汇报了泽坤的受伤情况，因失血太多，有生命危险，请医院向团领导请求派车到九连施工处接应。焦起林院长立即向张兴周团长和王晓民副团长做了汇报，团长立即派司机小李开车到二营九连方向接应。很快，小李开汽车赶到，大家迅速把泽坤从马车抬上汽车，飞奔驰往团医院。

何培信

王泽坤

车到团医院时，医护人员都已在门口等候，大家迅速把泽坤抬到病室。经检查，泽坤失血过多，陷于昏迷状态，急需输血，先保住生命。稳住生命后方可进行手术，医护人员都说："如果没有止血钳止血，人早就没命了。"这时，焦院长向何培信医生伸出大拇指，表示赞赏。病人急需用血，经抽血化验，随何医生到医院来的三名同志，只有贺来民一人的血可用。

为了救人，焦起林院长、谢子英指导员和医生、护士正商量着，准备动员全院医护人员献血救人时，孙增言赶马车又一起来了5个同志。何培信见到他们说："好，你们来得好！正需要为泽坤献血。"培信告诉焦院长："我连又赶来了几名同志，正在抽查血型。"焦院长说："那好，看看检查情况再说。"经查，可以献血的又多了李心亮、郝挺进两同志。焦院长和在场的医护人员、何培信医生等人松了一口气。

原来，5名同志恰巧到医院的过程是这样的——泽坤坐马车被送医院后，同志们看着副排长流在地上的一摊血，不由心生担心。被泽坤救出的李心亮、刘振章知道副排长为救他们受了重伤，生命危在旦夕，心里感到万分内疚，他们提议，到医院去看望副排长，去护理他。他们这样一提议，正应了同志们的心思，大家都想去医院看副排长。副班长赵得臣觉得有理，但不能所有人都丢下工作，他随即点名李心亮、刘振章、郝挺进、武修广去医院，留下的同志处理歪倒拦路的树。他们中途拦回孙增言的马车，很快奔赴团医院。

经过输血，泽坤慢慢苏醒了。昏迷中他还不断喊着："躲开！躲开！倒了！……"医生开始对他的伤口和破裂动脉血管进行手术，由于失血过多，身体损伤过重，术后多时，他仍处在半昏迷状态。

太阳快落山了，孙增言赶马车在七连路段接到连长、指导员、我和三排长蒋文生 4 人赶到医院。培信领着我们到病室，见到泽坤正在输液，已脱离生命危险，大家十分欣慰。培信领着我们见了焦起林院长、谢子英指导员及部分医务人员。指导员李天增代表全连同志向抢救泽坤的团领导和全体医护人员表示了衷心的感谢！焦院长说："要感谢就感谢你们的何培信大夫，如果不是他采取措施得力，人可能早就没命了。"焦院长说完后，大家向何培信大夫投去敬慕的目光。

下班的时候，团长张兴周、副团长王晓民带领后勤处处长袁云、科长纪福明等单位领导和同志们，来医院看望舍己救同志的危重病号王泽坤。连长、指导员、院领导陪着他们来到病房，李天增指导员向诸位领导汇报了泽坤临危救人和医治抢救的经过。张团长当即说："这是位好同志，临危不惧，救人受重伤，精神实在可嘉，医院要拿出最好的药进行救治。宣传科要派人到三连座谈总结这位同志的事迹，作为榜样，在全团通报学习，多加宣传。"

送走团领导和各单位同志后，焦院长立即安排三位输血的同志住院调养，生活上给予特供。连长、指导员召集三连在医院的同志到招待所吃了晚餐。晚餐后，指导员讲："刚才和朱连长商量，今晚是泽坤受重伤抢救的关键期，我和赵得臣、刘振章在这值班护理，其他同志随连长连夜返队，明晨派两人接替我们。另外，回去给同志们讲，泽坤已脱离生命危险，让大家不要挂念。后勤处和医院要对三连献血的几名同志进行调养，争取早日让他们恢复健康。"

朱连长带着其余的同志连夜往驻地赶，年长的坐上孙增言的马车，年轻的步行。

为抢救救人英雄王泽坤，医院用了最好的药物，连夜进行输液治疗。夜幕深沉，寒星时隐时露，医生郝继英同临床多年富有经验的郭玉芳大姐一起值班，时刻关注着泽坤的脉搏和呼吸等情况。她们轻声谈论着、赞颂着泽坤大无畏舍己救人的精神，祈祷老天能保佑这位好同志不再有灾难。指导员和赵得臣、刘振章三人站在病床前后，观察着情况。指导员不时轻声叫着："泽坤！泽坤！"但泽坤没反应。刘振章看着点滴，每滴药水都像砸在他心上的石块，他突然放声大哭着说："排长为了我们才遭这难，差点丢了命，我们对不起他呀！"指导员随即把他拉到病房外，他越哭越痛，指导员劝说许久，才止息哭声，指导员讲：“你们排长是一名好党员、好同志，他舍己为人、高风亮节的精神是值得我们大家认真学习的。你们在以后的工作中，只有发扬他这种革命精神，把咱们的国防工程干好，才能对得起你们的排长。”振章擦擦眼泪说：“放心吧！指导员！我知道如何做！我也要创造条件入党。”

晚上 10 点多了，大家都还没睡。指导员轻声叫着泽坤的名字，泽坤还是没有什么反应，他对得臣和振章说：“你俩值上夜班，我值下夜班，两点钟叫我，我先去招待所休息会儿，如有啥异常情况，立即向我汇报。”

没到两点钟，指导员李天增就睡不着了，他起床擦擦脸，就往医院走。到医院后，他让得臣和振章去招待所休息，他值下夜班。指导员毕竟是从战争年代闯过来的人，他上前号了一下泽坤的脉搏，感到比昨晚有力得多，摸了摸泽坤的脸颊，感觉温度也很正常，尤为安心。时钟已慢慢指向凌晨 6 时许，窗外也显露了鱼肚白。指导员轻声地叫下：“泽坤！泽坤！”泽坤两眼动了动，却没能睁开两只疲倦的眼皮。

早晨，我向朱连长请求到医院护理泽坤，他让三排长派冉祥志随我一起去。孙增言因上午要去永仁县城办事，只能赶马车送我们一段路就得回连队。上午 8 点多，我和冉祥志步行赶到医院。指导员介绍了昨晚抢救泽坤的情况，目前泽坤已脱离危险，一切情况基本正常。说完，他让九班副班长赵得臣和刘振章回队休息，刘振章不愿走，说要看到副排长能说话再走。指导员说这是命令必须服从，他才同副班长一起归队了。我劝指导员回招待所休息，指导员说："好吧，我先去招待所眯一会儿，你和祥志要认真护理，关注泽坤恢复的情况。"上午 10 点后，医院又对泽坤挂了一轮点滴，我和祥志在病房紧紧观察着泽坤的变化。上午，焦起林院长两次来病房巡查，护士王玉珍、刘美荣专心给泽坤挂针、量血压、测体温，观察病情。

下午 5 点，指导员唤醒了泽坤。泽坤睁开双眼，双手去握指导员的手，指导员立即将他挂针的胳膊按下放平，双手握着泽坤的另一只手。泽坤问指导员："这是哪里？我咋在这儿？"指导员对泽坤说："这是团部医院，你昨天受重伤昏迷，已经 20 多个小时不省人事了。"泽坤摇摇头表示记不清了。慢慢地，泽坤好像回忆出了什么，对指导员又动动眼神，不由自主地流下了热泪。指导员说："泽坤，你是好同志、好党员，我党的基层好干部，你昨天临危不惧、奋不顾身、舍己救同志的事迹非常可贵，团领导听到你的事迹后，准备号召全团向你学习。”泽坤听完这席话，泪流得更紧了，用嘶哑的声音轻声说：“这是我应该做的事。”停顿了一下，他接着说：“‘我们的责任是向人民负责’，这是毛主席说的，我做这点事，没什么。”指导员：“你昨天为救同志被大树砸倒，工地上洒下你的鲜血，同志们都非常心疼和敬佩你！”泽坤说：“我只是流点血，还活着，还有生命。红军长征路上，成千上万的革命先烈都牺牲了，所以我这算不得什么。”指导员：“现在不是我党创革命的时候了，和平建设年代能像你这样，已经是非常了不起了！”泽坤：“指导员，我总想着，我党革命的历程还很长，路途还遥远，作为共产党人就要为党的事业奋斗终生，毛主席说，‘要奋斗就会有牺牲’，我流这点血算不得什么。”

指导员和泽坤的话越说越长，越说越多。这时我想，泽坤刚刚苏醒，谈话多了，会对健康不利，就示意指导员让泽坤休息。并对指导员说：“快吃晚餐了。”指导员问泽坤：“快两天没吃东西了，想吃点什么？”泽坤说：“我现在还不想吃饭。”指导员说：“泽坤，你这次跟阎王爷打架，被马克思知道了，马克思站在云头，大喝一声：

‘阎王，你别太霸道！这是我的兵，属我管，你不能收留！’阎王听到马克思的怒斥声，就乖乖地把你放回来了。”说得泽坤和在场的同志都笑了起来。

泽坤脱离了生命危险，神志清醒，压在大家心中的石头终于落下来了。晚餐时，指导员在招待所点了4个菜，给泽坤下了碗鸡蛋面汤，一起端过来。大家把泽坤抬高一些，由冉祥志用勺子一点点喂下，就这样，大家一起共进了晚餐。

指导员要回连队了。他提前通知了孙增言赶马车连夜来接他。马车就在门外，指导员离开病房前，又再三嘱咐泽坤好好养伤，争取早日康复！泽坤紧握着指导员的手，流下了眼泪。指导员说：“全连同志都在感谢你！你救了两位同志。好啦，泽坤，好好休息吧！改天我再来看你。”然后又嘱咐参加护理的同志要悉心照顾好泽坤。

指导员走后的第二天上午，三连各班、排都派代表来看望泽坤了。在泽坤住院的第五天，首批工役制云南第十工程团下发了向王泽坤同志学习的通报。

1966年5月的一天，团医院突然接到二营六连的电话，报告一名工人在开山取石时，腿部受到创伤，现在伤口已经感染，红肿发烧，连队卫生员诊断为急性破伤风，有生命危险需急救。医院接电话的人是汤振平大夫，汤大夫随即问："连队有没有破伤风抗毒素？"卫生员答复："有。"汤大夫向焦起林院长汇报情况后，二人急忙带着药箱沿新修路基骑马直奔六连。六连指导员和卫生员接院长和汤大夫到卫生室后，经检查确认伤者病症为破伤风，情况发展很快，需急救。焦院长、汤大夫让卫生员拿出"破伤风抗毒素"，卫生员却拿出了"破伤风类毒素"，焦院长一看是类毒素，表情严肃地说："我要抗毒素！"卫生员不敢隐瞒，说："没有。"焦院长脸色大变，立即派汤振平大夫骑马回医院拿抗毒素，并严厉批评了连队卫生员。在焦起林院长的指挥下，对破伤风病号施行了必要的急救措施。

汤振平大夫立即跃马挥鞭，回团医院取"破伤风抗毒素"。在飞奔的路上，他脑海里不断浮现出破伤风伤员的危险现状，心急如焚，恨不得一下子飞到医院。再打马速进时，马已全身汗水，力已不达。举目向山下望去，医院虽仅有一望之地，但如若继续骑马到医院，却还有十五六里。鉴于这种情况，不如下马寻山道抄近路回医院。正在犹豫不决时，看到一个下山路口，他立即勒稳马头，到下山路口观望，愈觉此处离医院更近。他便立即下马，将马拴在山路旁的小树上，自己沿崎岖不平的山道跑去。在接近20多米高的谷底时，一步蹬空，坠下崖去，一下滑到了谷底。瞬间，他的两手就有三处流血。虽只是破皮流血，但站起来时腰间有疼痛感，抬脚走步尚可慢慢行走。他用力折断两个树棍作为拐杖，咬紧牙关，强忍着剧痛到达医院门口。同志们看到汤大夫受重伤而回，赶忙上前搀扶，并拿来担架，让他躺在上面。他不顾一切地赶忙对医院指导员谢子英说："别管我，快拿两盒破伤风抗毒素到二营六连去，那有位破伤风病号等待抢救，院长在那等着呢。我骑的马在西北角下道处一个树上拴着哩，快去！快去！"指导员谢子英立即派了一位年轻善骑的医生，带上破伤风抗毒素，沿着汤大夫回来时走的崎岖不平的山道，骑马速上六连送达急救药。

汤振平大夫被抬到医院诊断室，经查为腰椎骨折，立即在本院先行接受治疗。后因伤势严重，团医院医疗条件有限，被转送到昆明医院，经认真检查，诊断为4、5节腰椎骨折。经过很长时间的治疗，汤振平大夫的腰椎才逐步恢复健康。"汤大夫穿崖直取急救药坠崖摔伤"一事，被团医院和六连传为佳话。

1966年春的一天，十团驻地苴林糖厂发生酒精爆炸事故。一声巨响后，整个苴林居民的房子被震得直掉尘灰。一会儿，就传出人们的呼喊：“糖厂爆炸了！糖厂爆炸了！”十团医院院长焦起林、指导员谢子英正在组织医务人员到糖厂抢救伤员时，突然3名烧伤重危病号被一群人用3块门板抬着破门而入。焦院长立即组织全体人员分三组将病号抬到病房，输上氧气，进行了全面检查和消毒，为两名重昏迷和一名重危休克病号挂急救针。

医院党支部研究决定，为加强3名重危病号的医疗和护理，抽回营、连巡诊组6人，医院同志全部投入对爆炸烧伤重危病号的急救工作，对急需的氧气、血浆、针剂、药物等，专门抽两名年轻善骑的同志快马加鞭到邻近各县，不惜任何代价购买。

在对3名重危病号的治疗中，医院召开了全院同志说医献术大会，根据3名重危病号的伤情和转化情况谈治疗和护理要方，群策群力，集思广益，拿出了条理清晰的医疗方案。

在抢救重危休克病号的40多个小时里，院长焦起林、指导员谢子英、大夫金承恩和汤振平始终没有离开过医院，饿了就在伙上吃点饭，困了就在临时休息室里打个盹儿。王永茹、刘美荣、郝继英、郭玉芳、王玉珍、张月

前排从右至左：王玉珍、王永茹、郭玉芳、张月英
后排从右至左：刘美荣、郝继英、李学伦

英、李学伦等同志始终坚守在病房，输氧、输液、输血浆，认真观察、测试呼吸和脉搏情况。3 名重危病号的脉搏和呼吸在“重危、渐好、较好”无数次的反复中，慢慢恢复到了正常。经过 42 个小时的紧张拼搏，大家终于

将3人从死神身边拉了回来。漫长的42个小时是生命恢复时最宝贵的时期，被医院领导和医生们以高度的责任心牢牢地把握在了手里，才挽救了3人的生命。

进入恢复阶段后，3名重危烧伤病号，需要更进一步的植皮等方面的精细治疗，由于团医院医疗条件有限，糖厂领导决定把他们送到上级医院接受进一步治疗。

经过团医院精湛的医术和精心的治疗，3名病号逐渐恢复健康。对此，糖厂领导、工人和病人家属万分感谢，他们敲锣打鼓、放鞭炮，给医院送来了感谢信和一面锦旗，锦旗上书："公役制十团医院，医德高尚，医术精湛；心为群烈，泽被人间。"

三排小高岭路基开挖工程，在排长蒋文生的直接指挥下，连队技术员周道言的精心指导下，再加上十班长高本初、副班长马学德和同志们一起加班加点，与一排的"激战无名谷"、九班的"西林带开挖工程"，在4月初基本竣工。在元谋至永仁的国防工程中，马鞍山顶的三处"拦路虎"终于被三连给治服了。4月12日，从永仁方向开往三连的运水车第一次灌进三连生活区的蓄水池。从此，二排全体同志从山下4000多米担、抬、背水，供全连生活用水的担子彻底被卸了下来。

东线一排工地较长，无名谷路基竣工后，按照技术员周道言的指挥，先平整出过小车的路，然后再按标准分段开挖正规路基。不到一个星期，过小车的路就修好了。

二排的担水任务刚刚结束，营部即命令二排援助五连建桥筑路的填土工程。五连在永仁县城近郊山沟修建了一座桥，建桥任务基本完成，但桥两端的山谷距离较长，修筑桥头路基填土石任务很重。五连全体同志出动，硬是把桥两端的路基给基本填平了。可是，山中经常有雨水冲刷，而且水量很大，填了两次都被冲垮了。这次调我连二排执行这一任务，是考虑到二排经常打硬仗、恶仗，并且这个任务需要用石头块堆积路基后夯实填平，才能够保证其能够抵御洪水冲刷。

第四章　在重重危难中坚定信仰

1949年，国民党彻底失败，共产党领导的中国人民解放军以排山倒海、迅雷不及掩耳之势抢渡长江，解放了全中国。国民党残余部队在云南省遣散分化了几个军，经过长期监督、改造，大多数人已改邪归正，走上拥护共产党、自食其力、安家乐业的道路，但还有极少数顽固分子贼心不死，期盼国民党能卷土重来。

“文化大革命”开始后，一些顽固分子趁乱到处兴风作浪，明火执仗，活动起来。为了安全，三连驻地周围建营房时，将营区100米外丈余高的杂草全部清除，以便巡逻瞭望。自“文化大革命”开始以来，营区周围500米的范围内不断遭敌人手灯、探照灯的骚扰，时东、时西、时远、时近，扰乱不停。他们妄想刺探连队武器装备的情报，伺机抢夺枪支、弹药或进行谋杀、放火、投毒等破坏活动。敌人的骚扰活动直接影响连队同志的人身安全和工程进度。同志们白天要进行繁重的体力劳动，进行安全警戒，晚上也睡不好觉，要加强值班防止敌人的突然袭击。

连长、指导员及时向营部领导作了汇报。营长付汉州、教导员王兆荣说："近期其他连也发生灯光骚扰，听到了一些连队要遭到袭击的消息，这是敌人捣乱破坏的信号，但现在，还没有发现敌人真正的破坏活动。虽然，极端反动、顽固不化的反革命分子的骚扰造成了一定的影响，但他们也兴不起什么风，作不起什么浪。告诉同志们不要怕，只要加强防范，管好枪支弹药，战略上藐视他们，战术上重视他们，然后，组织突击力量抓他几个，狠狠挫伤其嚣张气焰和威风。"

为有效应对敌情，连队召开了排以上干部会议。会上，连长朱宝学传达了营领导的指示精神，指导员李天增讲了当前无产阶级"文化大革命"和敌情新形势，组织大家讨论当前在敌人猖狂活动下，我们如何组织斗争，打击敌人的嚣张气焰。

经过反复论证，大家集中出三点意见，即突出三个字："防、查、打"。"防"：全连同志提高警惕，加强防范。对防范工作提出五点要求：1. 加强枪支弹药的保护和管理，营地巡逻岗哨两人一组，前后呼应，减少明哨，增加暗哨，明暗结合；2. 加强纪律性，外出必须三人同行；3. 为防意外，全连晚间增加口令，每晚一变；4. 后勤排抓紧时间将生活水池加上牢固盖子，以防敌人投毒，加强警戒；5. 全体同志每人自备一件防卫武器（钢钎、木棍均可）。“查”：调查骚乱敌人情况。摸清和掌握敌人人数、领头人、活动地点、活动规律、出入路线、活动工具、佩带武器和凶器情况。“打”：查清、找准敌人活动情况和规律，组织力量，一网打尽。意见措施制定后，连长、指导员进行个别沟通和交换意见。指导员讲道：“说干就干，连队准备成立应对敌情指挥组，决定由闫少良同志任组长。”连长随即问我：“少良，行不行？”我立即站起来说：“保证完成任务！”指导员接着问：“给你一个班的人员行不行？”我立即回答：“不需要一个班，仅需 6 个人，加上我是 7 人组，人员由我挑选。”连长说：“好的，你相中谁就让谁去，任何人不得违抗命令。”

会后，我同连长、指导员讨论并挑选了勇敢机智、富于战斗、有武功基础、应变能力强的刘子让、古可修、赵气功、王西如、鲁红彦、陈学亮 6 位同志，并当即通知 6

人晚上到队部办公室参加会议，研究部署任务。晚上，队部办公室的一盏油灯下，连长、指导员、文书李永炎以及应对敌情指挥组的7名同志召开会议。指导员讲了“文化大革命”以来，敌人疯狂骚扰并进行反动宣传、谣言恫吓活动的情况，并传达了营领导打击敌人骚扰破坏活动的指示精神，又讲了我连应对敌人骚扰破坏活动的3条意见措施，宣布了我连应对敌情指挥组的人员组成。“闫少良同志任组长，在座的6位同志为成员，在党支部的坚强领导下，开展对敌斗争工作，”朱连长问，“大家觉得怎么样？”“保证完成任务！”朱连长说：“下面由少良同志具体安排工作。”首先，我把抽来的6名同志分为两个战斗组。第一组组长刘子让，成员包括王西如、鲁红彦。第二组组长古可修，成员包括赵气功、陈学亮。我们第一步的任务是查清敌情。一要查清敌人上山和回归路线；二要查清敌人的活动人数、领头人，探查敌人的活动方向、活动地点；三要查清敌人活动的工具、武器。要注意收集在敌人活动区的遗物，查清敌情后向上级汇报，争取支持和配合，最后以突袭围歼的方式，将敌人一网打尽。

我的想法说完后，大家展开讨论，最后决定如何开展工作。一组组长刘子让分析说：“我们居住在山顶，与山下人来往不多，敌人的骚扰路线只有北、东南、西南三个方向，其他方向无进路。我们先侦察锁定他们进来、回去的方向，路线人数以及携带的物品，然后提前埋伏在敌人的活动区域，进一步查清敌人情况，如领头人，携带的物品、武器。”大家对子让的发言表示赞同，子让的观点也正是我的想法。时针指向 21 点 12 分，我随即布置了当天晚上的侦察任务，把原两组人员重新划分为三组：刘子让、鲁红彦负责北山路口，古可修、陈学亮负责东南方，赵气功、王西如负责西南方。我嘱咐大家注意隐蔽，观察敌人的来去路线、人数和装备。三处的埋伏侦察点由他们自己选择，带好枪支和自卫武器。22 点，大家准时进入埋伏点，没有人身威胁时，不准乱开枪，如果看见流动哨三次灯光，立刻撤回。文书李永炎提前到伙房安排了加餐，我请连长、指导员回去休息。同志们整换服装，领取武器，伙房加餐，准备进入埋伏点。

天上的群星闪亮晶莹，马鞍山顶夜幕深沉，各种昆虫散漫地哼着不同的曲儿。三个侦察组的同志已按照预定计划进入埋伏点，营区两人组流动哨不停地巡逻，四面暗岗的眼睛紧密注视着四方。我和文书李永炎先在营区查了一下明哨、暗岗，刚出门不远，身后的流动哨就喊：“口令！”永炎答：“蓝天！”我回过身说：“同志们辛苦了！”明哨、暗岗的同志都很认真负责。我和永炎回到办公室，揣测着敌人上山的方向，我们俩不约而同地指向北方。

时针指向23点，按照以往的规律，到了敌人上山骚扰，伺机搞破坏的时间了。我和永炎分东、西隐蔽在两个暗岗里，观察敌人行动，并嘱咐永炎零点后回房休息。我在东边的暗岗里观察，发现东方500米处丈余深蒿草地方向，东山坡下有两处灯光骚扰。一会儿，南北又增加两处灯光骚扰。零点后，一束灯光南移到新开路基上方，北边一束灯光北移到距营房300米左右，四处灯光时明时暗，骚扰不断。他们看到营区周围来往的巡逻哨一片平静的情景，只有用灯光骚扰，无其他行动。3点30分，流动哨灯光撤回，刘子让组汇报：在北山路口，将近22点30分时从山下上来5个人，4个年轻人，一个年纪稍大些的，5人各拿着一把长手灯，一根两米多长的木棍，每人带有匕首，年龄大的挎着一把战刀，一个年轻人背着包，包里可能是探照灯具，没发现带有枪支。上山后，大家直奔东山坡下灯光骚扰地带。3点从北山路口下山。东南点古可修汇报：零点后有一束骚扰灯光在东南新开路基上方活动，其他组无异常情况。我和同志们到食堂加餐后，各自回房休息。

第二天，上午 10 点 30 分召集指挥组会议，我让大家谈了前一晚的侦察情况和下一步的计划。二组长古可修讲了前一晚的侦察情况后说：“要深入敌人活动区，查清他们的领头人，佩带装备，查明是否有枪支，从他们的灯光骚扰活动中看他们的关注方向，查清他们骚扰的最终目的。”古可修发言后，我问大家还有什么要说的吗？大家表示无话。我说：“刚才可修谈下一步的侦察工作，谈得很好，正需要这样做。今晚分两组活动，刘子让带一名同志继续守北山路口，观察敌人来往的一切情况，另一名同志参加可修组，可修带 3 名同志，可分两组，一同埋伏在东山坡敌人频繁活动区附近，观察敌人的举动。下午，一组细查一下北山路口附近地形，以及上、下山路的靠近山顶段的情况。二组到东山坡敌人活动区查一下敌人遗留的东西，选好居高临下的隐蔽点，敌人若有冒犯行为，可向上明灯 3 次，22 点 30 分前各自进入位置。”

22 点后，我查了一遍暗岗和流动哨，就到东边暗岗处隐蔽，紧盯着骚扰活动的东山坡下。近 23 点，那边又开始了灯光骚扰活动。今天的探照灯对准正面的营房和西南、西北方向，时明时灭，两侧的四个手灯四处乱照。今晚好像比昨晚增加了人员，行动活跃了许多，表演得更充分，接近凌晨3点才龟缩。

两个埋伏点的同志回到办公室，连夜碰面交流了情况。刘子让组讲道：“今晚敌人的上山时间还是将近22点，他们的行动人数比昨晚增加了一人，那人年龄40多岁，携带的东西和昨天一样，上山后直奔东山坡活动点，凌晨2点50分左右原路下山。”古可修组汇报：“今晚我们两组埋伏在离敌活动点10多米的东山坡上，来敌6人，两个年龄大的，40多岁，4个年轻的，20岁上下，各带有匕首或短刀武器，进入活动区，4个年轻人将手灯固定在2米多高的棍上，既可举起来，也可插在地上，交换着地方来回骚扰。一年龄大的控制探照灯，时明时灭，对营区和西南、西北两个方向照射。另一年龄大的，带着望远镜，来回观察着营区情况，面对营区外丈余高的蒿草地连续向前冲了3次，踏进20多米，然后又退回去，分别站在营房北边、南边距离营房最近的地方，用望远镜观察了很长时间，好像是在寻找进入营房的缺口，时近3点，却突然收兵了。”

第二天起床后，我同刘子让、古可修一起向连长、指导员汇报了两天来侦察敌人的情况。同时，我认为，必须对敌人进行抓捕和打击，并提出了自己认为切实可行的方法措施："建议搞一次营练活动。一是按敌人的来、去路线埋伏兵力抓捕；二是在敌人经常活动的区域设伏，对猖狂的骚扰进行鸣枪警告。先以排为单位吹哨，紧急集合，不参加埋伏的全体同志操自卫武器，在营区进行示威，迫使敌人原路返回。然后，在北山路口等三处埋伏的同志拉几道绊脚绳，将敌人一网打尽。如果大家认为方案可行，那么组织营练打击敌人就放在今天晚上，宜早不宜迟，不给敌人任何喘息的机会！"

我说完后，连长、指导员纷纷点头，非常赞成这一行动方案。指导员说："这一行动非常好，既能打击敌人的嚣张气焰，加快我们的建设速度，还能保永仁县一方平安，不过，这需要得到永仁县武装部和县公安局的支持，如果在战斗中打死打伤了人，还需要当地政府部门出面解决。"连长说："今天上午，少良同志与指导员一起到永仁县去一趟，向县武装部和县公安局汇报一下情况，也请他们出兵配合营练抓捕工作。"指导员立即说："行，上午我们俩一同去。"临出门时，我嘱咐子让、可修要加强白天营区内的巡逻哨，如果发现有生人观察我们的情况，不要多盘问，以免打草惊蛇。

早饭后，孙增言赶马车送我和指导员先后到县武装部和县公安局。指导员向两单位的领导汇报情况：“我连驻扎在马鞍山顶，主要任务是修筑国防公路。但‘文化大革命’开始以来，发现不断有敌人到我营地进行骚扰破坏活动，几乎每晚深夜都有灯光照射、侦察刺探的情况发生，给我连生产建设和人身安全造成较大威胁。通过我连多次埋伏侦察，发现他们经常携带匕首、刀具等凶器到营区周围，时而蹲在一起预谋策划如何进入营房盗抢枪支弹药或进行谋杀、投毒、放火等破坏活动，近几日活动尤为猖狂，我们组织了应对敌情小组，已将敌情摸清，准备今晚集中力量进行抓捕行动，请求得到你们的支持和配合！”两单位领导都表示义不容辞，一定派人参加抓捕行动。上午，两单位组织选配人员，下午同到工地营区，勘察地形，共同商量行动方案。

回连队后，连长、刘子让和古可修等人已等待多时，指导员将情况给大家作了介绍。古可修也把上午的情况进行了说明：“上午 10 点左右，有两个卖扫帚的人来到营房找茶喝，鬼鬼祟祟，就只问了价钱，没有买，也没多问。他们出营门欲往西走，我们说往西没有路，他们就返回往南下新开路走了。一个 40 多岁，个子不高，另一个是20岁上下的年轻人。”可修说完，大家不约而同地认为这是化装来营地侦察的敌人。

下午4时许，永仁县武装部、公安局的同志到了，他们分别派了两位同志参加，携带武器和拘捕工具。在队部办公室里，连长、指导员、文书李永炎和我们“应对组”的7名同志与县武装部、公安局的同志，一起讨论制订晚上的行动方案。首先，我把敌人近期的活动、骚扰情况以及行动方案作了详细汇报。公安局张股长说：“根据分析，近期在这里进行捣乱骚扰活动的，是一伙阶级敌人干的，他们的阴谋还没得逞，绝不能让他们得逞。公安局领导研究同意配合你们进行抓捕行动，但在抓捕行动中要注意，不要轻易伤人，他们青年人多，多是在敌人的金钱诱骗下参加行动的，这点大家要注意。在行动方法上，不要以营练的方式进行，放敌人进来，再赶出去抓捕，既耗时长，中间变故又多，易出现意外情况，就定在敌人上山的必经路口埋伏抓捕。他们平时到路口时间是22点30分后，我们22点前埋伏好，张网等待。实行3人抓捕一个，准备好6道绊脚绳，前面的敌人走到第6道绊脚绳时，把绊脚绳拉起来，后面的根据情况拉绳，把敌人绊倒后立即将其按住戴铐，然后搜身，清理携带的凶器和物品。注意，在抓捕时，大家要相互配合好，严防敌人拒捕行凶，既要做到迅速准确抓捕，又要保护好自己和同志。”经大家讨论补充，最终确定了具体行动方案，参加埋伏抓捕的人员以两个侦察组为基础，一排、三排再选调 12 人，共组成六个 3 人小组，由刘子让、古可修二人负责具体组织。人员到位后，公安局张股长对大家进行了抓捕常识和技能的培训，并进行了简短、有效的训练。

22 点整，执行特殊任务的同志携带物品准时进入预设埋伏点。我、永炎与县武装部、公安局的同志分别在埋伏点的两侧，静观等待。

23 点，没有任何动静。

23 点 30 分，依然没有什么动静。

零点都过了，只有地上各种昆虫在歌唱，仍不见任何动静。

难道敌人察觉了我们的行动？难道敌人的计划改变了？我和县武装部、公安局的同志碰了下头，让埋伏人员不要动，继续严密监视、等待。我和县武装部、公安局的同志回到办公室，讨论敌情变化后该如何应变。有人认为，敌人到现在还不来，是因故临时改变了行动时间；有人认为，他们频繁骚扰多天，可能累了该歇歇脚了；有人认为，他们或许发现我们有行动，取消了今晚的行动。我和公安局张股长分析，根据上午敌人化装侦察这一情况来看，可能是有意推迟时间，麻痹我们，然后再实施破坏活动，我们不能掉以轻心，今晚的行动计划不但不能撤，还要坚持到凌晨4点或更晚。这个建议大家没有争议，就这样办。

永炎已安排伙房做好加班饭，大家轮流吃完加餐，凌晨1点左右，又全部精神抖擞地进入埋伏点。我和永炎同县武装部、公安局的同志分为两组，一组在埋伏点伏击，一组在队部等候。

凌晨4点多，我和武装部杨参谋正在队部讨论情况时，公安局张股长等6名同志押着3名敌人来到办公室。张股长说："3点20分左右，这三个家伙入网被抓了。先抓的这个老家伙被抓时还吆喝着'有人！有人！'被我迅速堵住了嘴。抓住这3人以后，我们又静待了半小时，没有再发现敌情，就先将他们押回审讯，守候的网仍在坚持。"张股长和武装部同志分组连夜对这3人进行了突击审讯。

凌晨5点，守候埋伏的同志开始撤回。张股长和杨参谋他们也要迅速押解敌人回县城了。此时，连长朱宝学已提前安排好，由 4 名精干力强的同志负责护送押解。临行前，大家清点了这次行动所缴获的物证，共有 4 把匕首、1 把战刀、3 只强光手电灯，还有一枚国民党青天白日徽章。公安局张股长再三安排："看来敌人真是贼心不死啊，大家还要提高警惕，加强防范，严防残余的敌人开展新的捣乱破坏活动。近期，我们会将最终的审讯情况转告你们，以便我们更加有的放矢地预防敌人的破坏活动。"

东方已经露出一丝红色的曙光。黎明前，连队抽调的 4 名同志全副武装，押着敌人，护送县武装部、公安局的同志踏上了胜利归途。

三天后，永仁县公安局通知我和指导员到公安局听取对敌人的审讯情况。张股长和一个副局长接待。副局长开口就说："你们连的治安保卫工作做得好呀！这次那个 40 多岁的，是国民党败退遣散集团内没有改造好的旧军人，另两个年轻人和其他没有抓到的几位年轻人，都是受他们反动思想教育和金钱诱惑的受骗受害者。他们的目的是想趁'文化大革命'之机，夺取枪支弹药，抢劫银行，进行反革命破坏活动。这起案件的破获，你们连是立了大功的。"指导员急忙插话："这全是公安局和武装部领导指导帮助的结果，也解了我们连队的后顾之忧，我们非常感谢！”张股长接着说：“我们正在组织力量，对漏网之敌进行全力调查和追捕，你们连队驻地有枪支弹药，属重要目标，还要继续提高警惕，严防敌人的破坏活动。”

这样相互交谈着，已近中午 12 点，局长非要留客，并从住室拿出一瓶存放多年的老酒，请指导员和我在公安局食堂就餐，我们只好恭敬不如从命……

1966 年 7 月，二营十连（河南杞县连队）驻地也受到敌人的不断骚扰。一天晚上，12 点多，敌人趁哨兵换岗之机进行偷袭，工人耿武军因拉肚子去厕所解手失踪。

第二天，十连全体同志 5 人一组在周围山上、山下到处搜寻，也无踪迹。二营发动接近十连的三个连队到各山坡、路口、林区查找，也没发现情况。十团保卫科、永仁县公安局派员住在十连侦破此案，多天也没发现什么线索。一个星期后，十连在山下施工的几位同志被一阵山风刮来的怪味吸引了注意力。他们顺着这股怪味进行寻找，发现山腰的一棵树上挂着一个人，上前辨认，正是耿武军的尸体。尸上蝇虫横飞，尸下血迹斑斑，恶臭呛鼻，不可近前。大家赶忙向连队领导报告，连队领导、团保卫科、县公安局的同志随即上山对尸体作了查看、检验、拍照，十连对尸体进行了处理。尸首虽找到了，但公安机关经过艰难的侦查，还是没得到任何与此案有关的信息。

八月的一个夜晚，八连巡逻哨兵正在巡逻，走到营房西北角时，3名隐蔽敌人忽然向哨兵身后扔出一个东西，发出“咕咚”一声。哨兵急向后观望，敌人便从侧后方进行飞步袭击，意图夺枪时，幸好被暗岗及时发现，鸣枪射击，并大声呼喊：“抓活的！抓活的！”巡逻哨返身开枪，敌人已窜进草丛消失。同志们携带自卫武器追到下山路口，无奈敌人路熟，逃跑了。

第五章　记忆深藏的人和事

1966年8月10日，首批工役制云南省公路十团第一届党代会在云南元谋县委礼堂胜利召开了。参加会议4个代表团共有党员代表62人，我们一营出席代表13人，三连代表为指导员李天增、二排长马占臣和我，共三人。

会议8月10日报到，8月11日正式开幕。副团长王晓民主持会议，宣布首批工役制公路十团第一届党代会开始，王晓民宣读了会议议程和主席团名单，请主席团成员上台就座。

团长张兴周致开幕词，党委书记李平作工作报告。李平书记的报告大体分为4个部分：1. 首批工役制云南省公路十团来云南修建国防公路的基本情况及担负的任务；2. 一年来的工作报告；3. 以当前越南人民抗美救国斗争

十团第一届党代会三连代表合影留念
从右至左：闫少良、李天增、马占臣

为主题的国际形势；4. 新形势下的任务及今后的工作安排。

李平书记在讲到一年多来的工作时，重点提到，我们自中原来到大西南，在适应新环境上遇到了很多困难。因水土不服致病号增多，开山劈岭，挖基铺路，全凭铣、镐、钎、锤等传统工具。在数月天气极其恶劣的情况下，同志们发扬了革命的大无畏精神，首战初捷，提前一个多月，光荣地完成了元谋马头山第一段工程。现在全体同志马不下鞍地奋战在第二段永仁县马鞍山线工程，从目前的发展形势来看，有提前两至三个月完成永仁县马鞍山段工程的希望。

在讲到新形势下的任务和今后的工作安排时，李平书记重点讲道，当前越南人民抗美救国的战争形势异常紧张，全团同志紧急行动起来，用实际行动支援越南人民的正义斗争，同美国佬对着干、抢时间，提前修建好云南国防公路，这就是对越南人民的正义斗争最大的支援。全体党员要认真严肃贯彻执行我党的三大作风，坚定正确的政治方向、灵活机动的战略战术、艰苦朴素的工作作风。经原团党委决定：全团要掀起为人民修路、为国防修路、为革命修路的行动高潮；把我们十团的整个首批工役制创建成为筑路队、工作队、战斗队，总体把云南省委、省政府交付我们的三段国防公路的修建任务提前半年完成；让伟大领袖毛主席早日放下“骑毛驴来看西南人民”的心。

李书记的报告具有鼓舞人心的作用。随后，各代表团分头讨论，代表发言。我代表第一代表团作了发言，各代表团发言的共同心声包括拥护、同意李书记的工作报告，按照新形势下的任务、工作意见做好工作；带领同志们活学活用毛主席著作，推动各项工作顺利开展；以首届党代会精神为动力，落实“三为”“三队”部署，把各项工作做得更好。

张兴周团长与参加公路十团党代会的第一代表团全体同志合影留念。前排从右至左：吕清正、张兴周、王兆荣、付汉洲、李天增、张庆志、闫少良。后排从右至左：马占臣等

会上选举产生了新一届公路十团以李平为书记，张兴周、王晓民为副书记的 11 人党委班子，新一届党委成员

作了分工。8 月 15 日上午，新任党委成员吕聚臣主持会议，政治部主任刘志兴致闭幕词，首批工役制云南公路十团一届党代表大会圆满闭幕。

团长张兴周

工役制云南十团团长张兴周入伍前在河南平顶山市工作。入伍时年 48 岁，长方脸，中等身材，双眼炯炯有神，说起话来爽朗响亮，办起事来从不推诿，坚持原则，该办的事当场批办，不该办的事说得再多也没用。下营连检查工作时，张兴周从不先进办公室，都是先看后听，或边看边听，发现轻微问题立即指出，发现严重问题随时批评改正。大家都说他是“不听空谈、掌握实情、现场办公、追求实效的好团长”。

张兴周团长不但在工作上严谨扎实，在读书学习上，也从不含糊。他经常说：“文化知识是人类智慧的源泉，智慧是干好工作、争取进步的力量。”每次团干部会上，他首先讲学习，要求各级干部、工人要抓好读书学习。他认为，一切知识和智慧都是从读书学习的实践中而来，有了知识，才能更好地报效国家，服务人民。同时，他要求各单位在学习毛主席著作时，要注意发现、培养典型，由典型引路，带动整体。

张兴周团长要求同志们抓好读书学习，首先在于他自己过得硬。对订阅的报纸杂志，张兴周团长每日都会通读一遍，用笔批上“已读”二字，对重要文章和有指导性的、须再读和反复读的文章，他会在报纸杂志上批上“剪”字，由通讯员或办公室同志进行剪贴，批注目录，归档存放。为了学习，他常常利用夜晚秉烛夜读。

张兴周团长经常深入基层，对自己严格要求，他规定自己每月下营、连一线工地的时间不得少于 12 天。每去一线检查，他随身带有工程技术员、政治部人员。工程技术人员专门检查工程标准质量和安全防范措施；政治部人员对于突出的典型，他们随时做出简报，宣传表扬。在各连路基还没有贯通时，他带领同志们沿着崎岖山道，骑马深入一线进行检查。每次全线工程检查需要 2 天左右。在路基轮廓开通后，他和同志们坐上吉普车进入全线工程检查。每到一个连队施工地点，他就让司机把车往前开。他和随行同志下车，与基层的同志边走、边看、边谈情况，查问题，制订解决方案。

1965年7—8月，元谋县第一段工程施工期间，一营的几个连队驻在马头山腰和山下，遭遇了连绵不断的洪水袭击。新开路基遇水后变得较软，拉生活用水的车马力小爬不上去了。因此，同志们喝水、吃饭都成了问题。无奈之下，各连队只能自行开发水资源，把赤红的雨水引进水池，加上药矾消毒，等澄清后装入水缸，作为生活水的替代品勉强食用。不洁的水源使各连人员都发生了拉肚子现象，并且病号数量不断上升，个别连队70%的同志都出现了拉肚子情况，无法工作，只能临时停工。

张兴周团长发现此问题后，冒雨巡查，研究解决方案。他立即在一营召开了团后勤处处长、卫生院院长、各连干部参加的现场会，听取各连人员拉肚子发生、发展的情况汇报。然后，根据实际情况，讲了三条意见：1. 由团医院增加对一营各连巡诊人员，立即到各连用最好的药和针剂抢救重病号，普治轻病号；2. 由后勤处负责向总队要两辆较好的拉水车，解决各连生活用水；3. 各连彻底打扫环境卫生，由团医院巡诊人员和连队卫生员负责用药物清理水池，检查厨房卫生和炊事班个人卫生，教育全体同志“讲究卫生，减少疾病”。

根据张兴周团长的3条意见，大家各司其职，认真照做，主动克服和解决困难。5 天后，普遍拉肚子的现象基本消除了。有了水清洁卫生，大家身体逐渐恢复了健康和活力，又有了工作的力量。一营各连逐步重新开展了“雨大下、人大干，跟美国佬抢时间，以实际行动支援越南人民抗美救国斗争”运动。大家顶阴风、冒大雨，众志成城，双手老茧复新茧，以革命和拼命的精神，实现了入滇后第一次提前一个多月完成施工任务，打赢了第一仗。

团长张兴周和政治部主任刘志兴一行，骑马下一线检查工程施工情况

元谋至永仁第二段工程是最艰难的。通过艰辛努力，百余里路基逐步展开，但是铺路用的大石子、小石子货源成了大问题。开山取石不难，砸大石子、小石子却不是小功夫，同志们每人每天拎大锤，拿小锤，加班加点，努力一整天也砸不出几方石子，要完成这百余里的大小铺路基石，得耗费几个月的时间。当地各族同胞评价说，“穿黄衣服的（指铁道兵）开山，大动机械化没有把家门口的路修通，穿蓝衣服的钢钎铁锤加铁锨，却把家门口的路修通了”。当时，我们和驻云南的铁道兵团在不同的岗位上，同步为大西南的交通而努力。不过，一个步入了机械化，另一个使用的是原始的开山铺路工具，结果却有天壤之别。

到一线工地检查时，张兴周团长脑子里总是不断浮现开山取石，砸大石子、小石子铺路基的画面。不解决这个问题，他寝食难安。他让后勤部多次向公路总队报告使用碎石机的问题，总队总以“施工面积大，无力购置”回复，张兴周团长和李平书记商量，召开党委会研究这一难题。在党委会上，张团长首先讲了元谋至永仁第二段工程遇到的大石子、小石子生产难的问题。然后他说明了人工碎石会使同志们辛苦百倍，可能还会延长工期。为解决问题，他向上级申报使用碎石机，却遇到困难，为此征求大家意见，集思广益，看看能不能从“车到山前疑无路”中找出个“柳暗花明又一村”来？

正在大家一筹莫展时，张兴周团长又说，我想用这个“借”字，大家看行不行？党委成员都急问：“快说，咋借？向谁借？”

张团长说：“曹操布长江数十里连营，准备了百艘战船，准备一举取下东吴。此时，东吴可谓危在旦夕，然而诸葛亮却借了东风，用一把火将连营战船焚烧，曹军大败而归，东吴反败为胜。诸葛亮是历代传颂的神话式人物，他可借东风取得胜利，我们共产党人同样可以。在这极端困难的时候，我们可不可以借一下兄弟铁道兵部队的碎石机？”听团长一讲，大家豁然开朗。

“团长，你说咋借？”张团长接着说：“我们和铁道兵2012团离得最近，虽然过去没有太多往来，但这次我们要与他们多走动，建立友好关系。咱们刚建起的文工团，要抓紧排练节目，慰问铁道兵，向解放军学习！铁道兵部队北方人多，尤其是河南人多，喜欢听豫剧，要选择优秀的豫剧节目。后勤处准备点小礼品，我和刘志兴（政治处主任）、袁云（后勤处主任）一起去，说明我们现在遇到的重大困难，向他们求援，借用一下碎石机，这事一定能成功。”大家听后都拍手叫好，同意就这么办。

在张团长的亲自部署和督促下，经过10多天的筹备和节目排练，万事俱备，只待出发。一个艳阳高照的日子，十团大队人马敲锣打鼓、声势浩大地来到铁道兵2012团，进行战地慰问演出，受到2012团全体官兵的热烈欢迎。大家载歌载舞，相互问候，气氛热烈而友好，两个兄弟单位从此结成了友好关系。听张兴周团长说明碎石问题后，铁道兵2012团团长、政委同时表态全力支援。团长说：“我们全团有4台碎石机，正好这段时间碎石任务不大，全部支援，3日内维修保养后送往你团，每台碎石机由3名战士跟机，帮助操作碎石。”

解放军铁道兵团的无私援助给了十团强大的动力。解放军铁道兵团分部在各营、连日夜换班作业，各连提前开山放炮炸石，备足了石料。铁道兵战士始终坚守岗位，安全操作4台碎石机同时工作。经过20多天的日夜奋战，胜利地完成了碎石任务。因此，元谋至永仁第二段工程一下子提前了3个多月全部完成。

平时，张兴周团长在抓好工程施工的同时，还非常注重在实际工作中发现人才、培养人才、使用人才。每当发现表现比较突出的基层干部和工人，就把他们放在最特殊的环境中去锻炼、培养，为以后的工作积累人才。党委书记李平调入省总队工作后，他党、政工作一肩挑，依然不忘发现人才、培养人才。他常说："唯有人才兴旺，党的革命事业才兴旺。"

各基层单位推荐的典型人物政绩突出、工作能力强、德才兼备。经党委研究，决定从这些优秀的基层干部和工人中提拔一批人才，充实调整到团、营岗位上，担任领导职务和一线指挥员。后来，因"文化大革命"等各种原因，没有正式启用。

三年来，在首批工役制云南公路十团任职期间，张兴周团长忠于职守、坚持原则、深入基层，遇事冷静理智，指挥得当，遇难关险阻，善集众智克坚。临大山压顶，他善精心巧妙退变，在工程施工上大干、苦干、拼命干，促使十团在完成元谋、永仁两段国防公路任务中提前近半年胜利竣工。

他关心干部、工人，注重在工作中发现人才、培养人才、锻造人才，大胆从工人和基层干部中提拔使用优秀青年干部，使革命事业后继有人，在公路十团广树口碑，彪炳史册。

在永仁县第二段工程施工期间，让人记忆最深刻的莫过于“水、风、菜、虫”。

水是人类生命之源。那时，大家为了早日完成党交代的任务，坚强地忍受着生活、生存用水极度紧张和干渴的煎熬。连队为了大家的生命安全和健康需要，用了近一半的施工力量，终日颠簸往来于山岩沟壑之间，从 4000 多米远的山下取回宝贵的生命之水。对于雨水这个上天的恩赐，更是不会放过，总是盆和桶齐上阵，把屋檐下的雨水接住，收集在一起使用。就这样，每人每天只能分到一瓢的用水，晚上用完还要收集起来，第二天抬上工地打炮眼用。

马鞍山扎营安家之初，风曾给了大家最无奈的记忆，好不容易搭建的简易房被狂怪的候风掀得七零八落。这样狂怪的候风，每年一次，起起停停能刮十来天，在这样的风中建房的难度十分大。然而，英勇的工役制健儿，何惧它区区龙卷候风之颠覆！战士们不畏艰难险阻，巧借怪风的起、停时机，迅速用铁丝扎房顶，稳扎稳打抢建工房，“纵然怪风横吹，我自安然无恙”。终于战胜怪风，并且提前完成了建房任务，保证了连队按时驻扎。

“巍峨高耸的马鞍山，四面无人烟。购物买菜哪里有？远赴永仁县。”然而，永仁县城市场小菜供应不上，下山多次也买不足量。无奈之下，同志们只能在工作之余到山上挖点野菜，到伙房自主烹调。哪知吃下肚不久，大家个个脸都肿了起来。“大米白面油供给，吃菜要比吃油难”是当时的真实写照。那时，一周吃不上几天菜，后勤只能把兰花豆煮熟，撒盐拌辣椒面儿，供大家当菜下饭。

工役制健儿日日加班加点搞建设，天天重体力劳作少休息，夜晚还常遭敌人的骚扰捣乱。巡逻哨、暗岗都十分警惕，百倍防备。在驻地公安、武装部门的指导帮助下，详细侦察敌情，巧妙布网打击，一举抓捕猖狂破坏之敌。

由于搬家的路不通，床板只得留在原工地，同志们只能用杂草铺地当床垫，不到几晚就被虫咬得难以入睡。当时，那里有一种像臭虫一样的虫子，趁人熟睡之机，爬到人身上乱抓乱咬，一口下去就是一个扁皮疙瘩。同志们的身上、脸上、手上、脚上被咬得到处都是大大小小的疙瘩，不得不清理铺草，放火烧荒。铺草没有了，大家只能在清冷的地面撒上药粉再铺床睡觉，勉强休息。对此，连首长看在眼里急在心上。路不通、没有车，他让人租借地方的马车，用人力护送，一块块、一车车硬是把滞留在原工地的床板全部运回。大家对房间进行了彻底清理、喷药驱虫，才有了一个安全、健康的睡眠环境。

除此之外，还常发生一些让人啼笑皆非的事。工役制工人享受的是半供给制，每年到手一套新衣服、两个裤头、四双鞋。因为常年开山劈岭、滚石垫路，体力活儿重不说，还比较脏。因为整天和汗水、沙尘相伴，不少同志的衣服早早地就烂了。因此，大家经常把外衣脱掉，穿着裤头，光着膀子干。外衣虽保护下来了，但裤头却早早破损，就这样，穿不上裤头再穿外衣，外衣烂了，就用补丁补。

那时，每人都有针线包，方便自助穿针引线。一条裤子补了又补，缝了又缝，重量可达两三斤。二排工人谷学江因为没有裤头穿，写信让家人从老家河南寄了三尺布票。收到布票后，他到县城商业局签章，买了三尺布，想做个裤头穿。但是，到县城找裁缝店的路太远，自己又不会做，就在班长王体民的帮助下，找了个裤头做标本，把布铺开、画上线，剪了一个裤头样，每天下班就穿针引线做裤头。几天后，裤头做好了，但是裆小穿不上，提也提不起来，逗得大家哈哈大笑。这笑声中有苦也有甜，有乐亦有难，奏响了一代工役制工人艰苦奋斗、甘于奉献的时代乐章。

马鞍山，神圣拔地起，
高耸入云端，巍峨庄严。
只有日月巡视，风雨洗面，
谁也未敢动您尊严。
唯独我们，
伟大领袖毛主席派来的，
国家首批工役制筑路健儿，
来这里向你问好！为你整容洗面。
不要忌惮，
我们的巨足已踏上你的顶端。
这不是损伤你的尊严，
而是为你换得更美好的明天。
我们不怕世间人为和自然的颠覆，
不畏任何险阻艰难。
我们因此更加鼓足勇气，
战胜灾祸危难，
跨越漫道雄关。
用伟大的毛泽东思想，
巧妙理智破柔克刚，

大步向前！

1966年7月，队伍在永仁县第二段工程施工期间，云南省楚雄彝族自治州为加强文化战线队伍，加强培养文化战线骨干，经云南省委批准，从十团每连队抽调20名政治思想好、文化水平高的同志到楚雄彝族自治州文化部门各学校工作，并在云南安家落户。当时，我连抽调的是马学德、桑召显、赵气功、闫齐志等19名同志到楚雄彝族自治州，正式分配到各单位工作。

7月，楚雄彝族自治州又抽调朱宝学连长到州委学习，参加四清工作队，并于1967年秋归队。

第六章　移师武定谱新曲

1966年11月下旬，三连全体同志在毛泽东思想的鼓舞和团党委、营总支的正确领导和指挥下，在马鞍山艰难负重，踏破雄关漫道，战胜了阶级敌人的严重骚扰破坏，取得了一个又一个的伟大胜利。

这些英勇的工役制健儿不仅克服了无水、无菜、露天宿营的困难，而且以雷厉风行、顽强拼搏的干劲，日夜奋战，提前3个多月胜利完成了永仁县马鞍山第二段国防公路修建工程，以实际行动有力支援了越南人民的抗美救国斗争。

永仁县马鞍山第二段工程提前竣工后，1966年11月25日，三连搬迁到武定县第三段新工地。连部安扎在武定县城西约8千米的和尚村，队部设在打谷场右边的两间房子里，后勤排在打谷场前面的几间房子里，三个工程排在打谷场后面的两栋新建工棚里。打谷场旁边是武定县通往元谋县的一条坑坑洼洼，只能勉强通车的老公路。公路边上的和尚村住着几十户人家。打谷场再往下走 300 多米有一条小河，河水冬夏奔腾不息，下行 1000 多米就可以顺山势直抵狮山脚下。

三连这段工程自禄劝县境内约 4 千米，经武定县城至和尚村，到下方的麦良田（地名）有 20 多千米。三连的主要任务是修整拓宽路基、调整取直弯道、修建小桥涵洞、浇灌新修路面。虽然看似没有开山挖基修路的工程大，但实际的工程量超过前者。在这 20 多千米长的路段，需要修筑和建设桥涵 12 座，调整取直弯道 3 处，浇灌新修路面 20 多千米。小桥、涵洞虽小，但工程量并不小。需要大量的石子、沙子、石沫铺基，养护的工程量也很大。当时的公路建设全是路基压平后，下铺大石子，上铺小石子，石子厚度达标后，用黏土汁水浇灌，然后用压路机碾实，上面再撒上沙子或石沫，起防护和养护作用。

经过几天紧张的搬迁工作，三连人员、设备基本到位。连队召开了第一次排以上干部会议，朱宝学连长自永仁段工地被抽调到楚雄彝族自治州四清工作队后，仅有李天增指导员主持全连工作。当时，“文化大革命”逐步深入，云南省“八二三”和“炮兵团”两个造反派组织因对各级领导“打”还是“保”的问题，矛盾越来越激烈。会上，指导员讲：“因为我们对云南上层各级领导和社会情况不了解，不参与派性斗争，按照伟大领袖毛主席‘抓革命、促生产’的教导，我们的主要任务就是修建好武定县这段党交给我们的国防公路工程，这也是我连当前的总任务和大方向。”

经会议反复论证，连队对三个工程排的工程任务做了合理分工。一排负责自大转弯以西200米至武定县城东北1千米的路段；二排负责全线工程使用的大、小石子等备料工作；三排自麦良田与四连相接，负责至武定方向右大转弯处以西200米的路段。武定县城东北1千米处至禄劝县境内4千米段需要进行修整和养护，因此作为第二段工程随后分工。经团、营领导实地勘察决定，二排负责开山、炸石、碎石任务，相关人员的吃住安排在武定党校石料场。各路段的小桥、涵洞由一、三排分别按设计标准修建和整修，工程标准由技术员周道言、任永钦具体负责。排以上干部会结束后，又立即召开了全连国防公路第三段工程施工动员大会。各施工单位于1966年12月1日正式进入了第三段工程的实际施工。

三排工地自麦良田与四连工地相接不远处有座险桥，叫麦良田桥。桥身原是用水泥板所架，目前水泥板和两边桥栏杆已无踪无影，取而代之的是两块又厚又大的方木，行人可自由通行，但汽车要沿方木过去就有点提心吊胆了。桥下水深流急，桥上只能人、车分别通行，桥两头常常等着许多人和车辆，当地群众给这座桥起名“一线关”。三连接受工程施工任务时，原以为这座险桥一定是由公路桥梁队负责维修，可接受任务后，团、营领导还是把维修险桥的任务交给了三连。

三排长蒋文生、副排长王泽坤带领全排正、副班长和技术员周道言、任永钦一起实地察看了所分路段的工程任务。周道言、任永钦边走边讲各段路的开挖、整修以及小桥、涵洞的建设标准。当大家走到麦良田桥这座险桥边时，见河水清澈，水流湍急，桥上两块方木吃力地支撑着往来通行的人和车辆，仿佛千斤重担压在肩。这座桥确实该修了，这哪里只是险桥，简直是“鬼门关”啊！大家看着让人心惊胆战的桥，当即讨论起这座险桥应由哪个班实施修建、怎么修、何时开始修、修成什么样、何时竣工等相关问题。

排长蒋文生先试探性地放了个“征集意见炮”：“哪

个愿意包修这座桥？”因为他知道，大家都没有修桥的技术和经验，这是一个难啃的“硬骨头”。看着这水深流急的河水和桥的状况，8个正、副班长都没吱声，气氛有些尴尬。这时，副排长王泽坤打破紧张的气氛说：“修复这座桥，是我排较大而险要的工程，咱一无技术，二无机械力量，的确很难，但确实又是我们整个工程的重中之重，必须修好。听群众说，这里近年经常发生人、车过桥落水的事，为了人民群众的安危，也为了我们排能早日完成任务，我建议由我负责这项工作，连队指定正、副班长各1人，6名工人，组成精干的‘险桥抢修突击队’。”泽坤说完，大家都竖起了大拇指并拍手赞成。蒋文生排长当场表态：“同意泽坤的建议，‘险桥抢修突击队’组成人员由泽坤同志选任，大家要绝对服从，大家有意见吗？”“没有意见，绝对服从！”听完，泽坤开始“点将”，决定由高本初、晋连成两位正、副班长分别担任险桥抢修突击队的正、副队长，与其他6位同志组成临时修桥突击队。这个任务落实后，排长蒋文生又根据两位技术员对全排工程的设计、计算，按地段分配了4个班的工程任务。

第二天，排长蒋文生、技术员周道言、副排长王泽坤召集险桥抢修突击队队员开会。排长蒋文生对组成临时修桥突击队的意义、任务和要求进行了进一步强调。而后，技术员周道言对桥板的设计以及钢筋、水泥、大沙等材料的用量、筹备要求、技术标准等进行了详细说明。副排长王泽坤说："为了抢修麦良田大桥，把我们9名同志组织在一起，所有队员都是由我精挑细选的，我相信大家能够完成这个艰巨任务！大家都知道这座险桥的情况，年轻力壮的担心害怕，老弱群众心惊肉跳，车辆过桥更不用说了，大家天天都在走'鬼门关'。为早日保障广大人民群众的出行安全，我们要想人民群众之所想，急人民群众之所急，要发扬'一不怕苦、二不怕死'的精神，以忘我的姿态、昂扬的斗志，把抢修险桥任务完成好，大家有信心吗？""有！"听了副排长的战前动员，大家个个摩拳擦掌，决心早日拿下险桥修复这一关！并提出"大干实干40天，让麦良田桥换新颜"的口号。大家明白，不仅要尽快修好这座桥，还要高质量完成任务，才能保证广大人民群众、铁道兵军车队在1967年春节前能安全通过这里。

副排长王泽坤是一位善于思考、能够调动积极因素、敢于攻坚克难、能与同志们摸爬滚打在一起的好干部。他带领同志们认真观察和思考，理出头绪。接着，在桥两端整理了宽裕的存料和制作板材的场地，然后按照材料表，和技术员一起购买钢筋、水泥、石子、大沙等物料。为了帮助三排啃好“硬骨头”，指导员通知我和罗永太、任家祥一起开了个小会，讨论了后勤排如何支援三排抢修麦良田险桥工作。指导员强调，要把抢修险桥工作放在首位，购运物料、加工壳子板等器材一定要抓紧抓好，不能影响工程进度。罗永太、周道言、王泽坤三人相互配合，积极参与，抓紧把桥板材料定了下来，然后购置好运到料场，保证了施工的顺利进行。

为了选购良好的预制桥板材料，罗永太、周道言、王泽坤 3 人每天都废寝忘食地分头寻找，跑遍了麦良田周围村镇和武定县城。很快，在麦良田东北狮山脚下的石料场发现并选购了石子。武定县城附近找不到大沙，他们就找当地群众打听，听群众说，河对面乌龙洞一带滩地附近有大沙，他们就涉水跑到乌龙洞河滩一带察看。经认真鉴定，确有一层优质大沙存在，可供制桥板使用。随后，三连立即向武定县物资局讲明了这次修复险桥工程的情况，并递上了制作桥板所需要的钢筋、水泥、石子、大沙等原材料的申请。

经过现场查看，物资局领导立即批准了采沙计划，也批复了水泥和 12Φ 钢筋，但仍然没有 20Φ 钢筋，这可就是大问题了。技术员周道言随即向昆明公路工程局领导汇报。工程局领导得知此事后，立即从工程局桥梁队调拨了工程所需的 20Φ 钢筋，让三连派车运回。几天来，选购预制桥板的各种材料遇到很多困难，但收获很大，20Φ 的钢筋定下来，预制桥板就算有了希望。

几天的购物定料基本就绪，险桥抢修突击队的同志在队长的带领下，两人一辆架子车提前进入就近的石料场。后勤排派孙增言用马车运水泥，周道言、王泽坤到昆明市公路工程局桥梁队接运 20Φ 钢筋。按照桥板规格、数量，他们将钢筋截成适当的长度等待车运，却找不到适当的车运回。泽坤很有办法，他坐车来到昆明客运西站，向站领导讲明抢修武定县险桥的紧迫情况，站领导很受感动，当即同意将为他们托运钢筋到武定县。

经过近一周的紧张备料，预制桥板材料中除大沙外，基本备齐堆放在料场。虽说只有大沙需要准备了，但也并不轻松。当时已进入农历十一月，乌龙洞一带河滩的大沙都在河对岸，只能隔河相望，且水面浅不能行船，要想得到这些沙子，只能赤脚涉水挖取，然后用人涉水担沙。武定县当地虽长年无霜冻期，但涉水担沙还是有透骨凉意。出发去乌龙洞前，副排长王泽坤为险桥抢修突击队的同志作了简短的备沙动员会。鼓励全体同志发扬“一不怕苦，二不怕死”的革命精神，每人一根扁担、两个袋子，从300多米的对岸沙滩涉水担沙，争取3天完成备沙任务。副排长王泽坤个大力强，带头担了两大袋子。高本初、晋连成也不示弱，专挑重的担。全队同志争先恐后，提起沙袋，涉水爬坡，快步如飞。

三天的涉水担沙工作让全体同志双肩红肿，疼痛难消，两脚起了多个水疱。为了完成备沙任务，同志们体力损失较大，大部分同志行路困难。王泽坤让大家先休息一天，自己却偷偷跑到武定县城买来了醋、白酒和消炎止疼的中草药等，在班里熬制了药汤，供同志们擦洗。同志们边擦洗边用发丝穿脚疱（把脚上的水疱用针扎透，穿上头发或丝线，以便疱内毒水流尽），上下擦洗，用白酒消毒，中药水洗泡止疼消炎，同志们肩膀疼痛、脚上水疱很快就好转了。

第二天，同志们开始转入紧张的截制12Φ钢筋、扎桥板钢筋笼子、运制壳子板等工作。在技术员周道言的具体指挥下，同志们开始了预制桥板的生产。截制12Φ钢筋没有专用的工具，只能用手拉小钢锯，慢慢地来。两个截钢筋的同志，双手磨起了疱，疱破之后鲜血直流，穿透手套，淋入板槽。由于浇灌水泥时没有震动器，还得大家齐心协力，用铁棍和木棍使劲捣实。同志们手上又磨出了很多水疱。险桥抢修突击队的全体同志心往一处想，劲往一处使，加班加点突击干，4 天就把两控桥板按标准、保质量地制作完成。

1966 年 12 月初，团党委研究决定调李天增指导员任团工会副主席，调四连指导员王俊杰任三连指导员，我任三连副连长，我和王指导员搭起了三连的班子。三排险桥抢修突击队桥板预制接近尾声，副排长王泽坤向我和指导员汇报了近期同志们克服困难、忘我工作的情况，20 天已突击完成了两控险桥的桥板预制工作。我和王指导员、三排长蒋文生一起来到麦良田险桥预制施工地，看望了正在紧张工作的同志们，肯定了他们不怕苦、不怕累，连续作战的工作作风和勇于拼搏的革命精神，并号召三连同志向他们学习。预制板完成后，险桥抢修突击队留一名同志进行养护，其余同志在正、副班长的带领下，随即转入了麦良田与四连界牌的道路开挖工程。

1967 年 1 月 26 日（农历腊月十六），桥板已基本到了最终凝固期，技术员周道言提前指挥将桥板滚运到桥头两端，并向工程局要来了解放牌吊车。吊车在吊桥板时，桥板太重，超过吊物重量，试验了几次后发现，仅能吊起桥板一头，其余吊不起来，河两岸等待过桥的车很多，多是铁道兵军车。此时，副班长晋连成灵机一动，和两个排长商量，借用军车，将桥板一头吊上车，人工顺势将桥板往车上推，车到桥位后再吊起，人工控制缓缓下卸、安装。教练员随即指派靠近桥一侧的一辆空车装运桥板。从9点到13点，才将两控桥板安装完毕。针对桥两端的阻塞车辆，采取一端放行，下午很快就解阻了。

当天下午，我与技术员周道言、副排长王泽坤商量抢修桥面的问题。周道言提出，险桥抢修突击队下午要抓紧时间，把桥两端料场的各种材料搬移到桥头的适当位置，抓紧抢铺混凝土桥面，安装桥栏，最迟两天，必须把桥面工程完成。泽坤提出："过往车辆和行人怎么办？"道言说："做4块警告牌，大的两块，小的两块，以禁来往车辆和行人，今天必须把警告牌埋上。"我说："按道言说的办，泽坤抓紧时间安排搬移各种材料，并和排长文生商量下，组织好明天桥面的铺筑工作，警告牌的事由我安排办公室和后勤排制作安装。"

下午5时许，文书李永炎、后勤排长任家祥叫我到后勤看制作的警告牌。两块大牌上内容为"警告，武定西8

千米险桥正在抢修施工，请各种车辆绕道通行，禁行时间：1 月 27 日至 2 月 7 日”。小字落“首批工役制云南 1013 工程连”。小牌各书：“前面施工，绕道慎行。”我说：“警告牌制作得很好，两块大牌，一块设在武定县城北来车方向右侧，一块设在高桥来车方向右侧，两块小的设在桥两端来车、来人方向右侧 1 千米处，后勤排当晚派人把 4 块警告牌埋设到指定位置。”当天下午，险桥抢修突击队在两个班长的带领下，全体同志齐心协力，加班到晚上 7 点，将桥两端料场的材料全部搬移到了桥头适当位置，以便铺筑混凝土桥面。

为抢时间提前铺筑好桥面，三排长蒋文生、副排长王泽坤商量，增加抢修队力量，三排每班抽 2 人援助抢铺桥面，争取时间，吃饭不下火线，鼓足干劲，下大力气，争取一天完成任务。我听了他们的想法说：“关键时刻，仗越打越精，照此办，后勤送饭送茶，改善生活，由我安排。”当晚，三排长蒋文生、副排长王泽坤召开了抢修队和新来抢修队全体同志会议，动员布置了明天抢时间安装桥栏、铺设混凝土桥面的任务，把 16 人分为两个作业组，由正、副队长分别带队，从险桥中间往两端铺筑，目标是一天拿下这项艰巨的工程。

第二天起床洗漱后，抢修突击队队长高本初就召集全体同志赶到麦良田险桥。在技术员周道言的具体指挥下，分南、北两组，开始安装桥栏，铺筑混凝土桥面。同志们都知道今天抢铺好桥面的意义，就是要让四方车辆和广大人民群众在1967年春节前能够安全通过新桥。全体同志信心百倍、精神抖擞，分为两组作业，争先恐后、齐心协力、拼命苦干，加之后勤送的饭菜增加了花样，同志们吃得爽快，干得起劲，原定两天的抢修铺筑桥面任务，12个小时左右就保质保量光荣拿下。三排“险桥抢修突击队”，大干四十天，成功实现了“要把险桥换新颜”的誓言。

1967年春节后，麦良田险桥的修复任务圆满完成，行人和车辆在平坦的桥面上能安全通过了。三连收到了来自各方的感谢信，其中一封感谢信还赋小诗一首：

狮山险桥一线天，人车多难白浪翻。
渡桥惊颤心胆寒，三连首到斩雄关。

三连工程排全部住在打谷场西南河滩上的两栋工棚里，工棚临河百余米。起初入住是在冬季，没有什么异常情况。入春两三个月后，天气渐暖，每天工棚内外不断有蛇出没，花色有红、黄、青、白等，蛇身不算长，半尺到二尺有余，在棚内、棚外攀爬，到处蠕动，也有少数蜷缩起来，夜晚在工棚内乱爬，有爬在床下卷卧的，也有在床帐上的，更有在枕边的。天亮醒来一看，发现蛇就在枕边卧着，真是可怕得很。刚开始，人见到蛇有些害怕，蛇见到人也有些惊怕，后来见多了，也就习以为常了，形成了人蛇共栖的家园。

北方不多见蛇，见蛇多有不妙可怕之感，同志们心里都有点怕蛇，见住处这么多蛇，不知所措，很多同志晚上不敢在工棚休息，把床铺搬到打谷场上。有个别同志怕蛇、恨蛇、打蛇，大多数同志劝说道，蛇是小龙，此物不可思议，不可怠慢，更不能打，据老年人讲，蛇是对人类有益的动物，只是样子难看些，还是应该保护它。

同志们怕蛇，又见驻地这么多蛇，深感惶恐。因此思想紊乱，夜晚休息不好，影响到白天的工作。我和王指导员商量着，找当地群众座谈，了解一下情况，做好应对工作，减少和避免对同志们正常生活的影响。王指导员说："这事我来办。"第二天，王俊杰指导员带领财务员罗永太、卫生员何培信分别到和尚村、麦良田、红土田向群众了解此事。

经了解得知，三连驻地位于河滩地，不远处是一条长年奔流不息的河流。听老年人讲："这条河上、下的滩地自古以来蛇都比较多，南边有片河滩的蛇更多，故名'蛇滩'。要是春天去蛇滩，到处都是蛇，成疙瘩打团子地乱爬。不过这一带没有毒蛇，你不动它，它不扰你，你不打它，它也不缠你。蛇还真是有益处的，这一带稻田里，不但没有地鼠，连蛾虫都非常少见，真是庄稼人的保护神啊！"在谈到如何把蛇撵出驻地，好让同志们正常生活时，当地群众讲，蛇是不能打的，它很有灵性。但是，有一个办法可以试试，因为蛇喜水，可以把蛇收到箩筐或袋子里，送到河里，它就不出来了。

听了当地群众的讲述，王指导员随即召开了排以上干部会议，把了解和掌握的情况，向同志们进行了传达和说明。为克服同志们对蛇的恐惧心理，帮助大家逐步适应与蛇同栖家园的生活环境，连队研究了三条措施：一是召开一次全体会议，说明当地多蛇的原因和当地都是无毒蛇。普及蛇的知识，认识什么是毒蛇、什么是无毒蛇。熟悉蛇的生活习性、活动规律，慢慢接触它、了解它，逐步把蛇看成家中如鸡鸭猫狗等小动物，慢慢消除"怕"的念头。二要从实际生活上做好防范措施，把工棚所有的墙进行绞泥加固。两栋工棚西端筑起一道墙，前排棚南5米筑起一道横墙，与棚东山相齐，形成两个自然院落。前后工棚西侧各留柴门，以便同志们下河洗漱。三是选两名不怕蛇、敢抓蛇的同志，每天早、晚两次清理住室和院落里的蛇，用箩筐和口袋送往河里。

在全体同志会议召开以后，我立即安排后勤排长任家祥同志上山伐木，购买稻草，组织人员筑墙和刷墙。第三天，后勤同志加班加点，很快完成了任务，两座工棚前都安装了一座柴门，门头上方各钉一块木板，内书“送龙门”，外写“迎龙门”三个大字，给柴门增加了奇妙的色彩。

1967 年五一国际劳动节中午，我和技术员周道言察看了两个排的施工情况后，从武定县城返回，途经团医院附近的狮山路口，我约道言登狮山返回连队。道言说：“狮山我已登过，来时三排弯道工程还有一些问题，我要回那看一下。”我同道言分手，独自登狮山，初入登山小道，在骄阳照射下，林木茂密，时有溪水潺潺，鸟儿飞鸣。一路绿荫，林木葱郁。续登，时有合抱之木，依岩高耸，鹰鸟放怀，展翅翱翔。不禁心悦神往，热血沸腾。举步生风，待登上狮山顶峰，仰望天高云淡，俯观群山逶迤、遥相呼应。身边林木欲接长天，脚下岩石峥嵘，四周芳草青青，山花怒放，蝶飞蜂游。观山峰连绵，雄狮欲起，威风绵长，顿有长天放歌之激情，心旷神怡，更有腾云驾雾之感。简笔略记之：

《登狮山一》

狮山峰端白云飞，群岭逶迤驰相随。
中华危难尔沉睡，百受欺凌啼血沸。
纵观宇宙还民来，帝枭虎威焚纸堆。
雄狮醒来当奋首，人民天地不可违。

《登狮山二》

东风浩荡扫隆尘，遥望越南烽火滚。
世霸强盗美国佬，到处侵掠欺世人。
失道自焚必由路，猖獗一时化烟云。
越南同胞百战苦，凤凰涅槃天地新。

《登狮山三》

山河更装脉相溶，蓝天白云宇气通。
花木盛艳蜂蝶舞，百鸟鸣韵凰迎凤。
欲驾雄狮重抖擞，五洲除孽义从容。
天下公道众相望，唯独正气化雄风。

1967年上半年，各单位“抓革命、促生产”的工作都正常地开展着。各排路段工程进展得比较快，同志们都能心往一处想、劲往一处使，下力气、下大劲干好国防公路重修、扩建、改造工程。然而，进入下半年，随着“文化大革命”逐步深入，各单位都建立了“文革”领导组。三连成立了以陈德贵为组长、闫广仁为副组长的“文革”领导组。王俊杰指导员和我为三连的当权派。指导员是从四连调来的，为人实在，虽然文化水平低些，但抓工作比较紧，为人直爽，遭到“文革”小组的批判。我虽没挨过批判，但也被告诫多次。这种情况之下，人人自危、不敢强有力地抓工作。因此，修路工程就这样停滞不前，进展十分缓慢。

第七章　特殊环境，艰难工作

在上级党委的直接领导下，首批工役制工人以实际行动支援了越南人民的抗美正义斗争，为国家争光、为西南各少数民族兄弟姐妹造福，让伟大领袖毛主席放下了骑毛驴来看西南人民的忧虑。大家夜以继日地抢时间、拼命干，保质保量、整体统筹，比原计划提前近半年顺利完成了前两段工程任务。

云南省委副书记赵健民在一次会议上说："首批工役制工人在这里干得很好，为云南人民立下了大功。完成任务后，愿意留在云南工作的，我们欢迎，愿意走的，我们欢送。留下的可分配到各厂矿单位去。"会后，经各级领导传达，全体同志听到云南省委对首批工役制工人在修筑国防公路结束后"留者欢迎、走者欢送"的去向安排，心情喜悦、干劲倍增。大多数同志愿意干完工程后，留在云南工作。

1967年下半年，云南的形势发生了复杂、激烈的变化，武斗不断发生。到了年底，中共中央对首批工役制工人下达了“从哪里来，回哪里去”的退役命令。命令传达后，同志们意见很大，有的说：“云南省委不像话，说话不算数，我们都到昆明造反去！”有的说：“云南省委缺德，卸套把牛杀！”还有的说：“这是派性搞的鬼，向党中央汇报假材料，欺骗中央下的命令。我们不能走，让省委领导来给我们对话，看他们吐的唾沫能不能舔回去！”这段时间，同志们思想极为混乱，放胆造反，什么也不想干了。

1967年末，因处在特殊阶段、非常时期，加之中央又下达了退役命令，原连长朱宝学、指导员李天增都回了连队，现任指导员王俊杰回四连工作。三连原班人马聚齐，按照团、营领导的部署，开始做同志们的退役思想工作。连队干部骨干首先统一思想，计划先做好基层干部的工作，要求全体同志认清形势，服从中央命令，抛弃任何私心杂念，坚决执行中央命令！中央命令就是伟大领袖毛主席的命令，任何人不得违抗！连队决定上下齐动员，给大家做工作，同意走一批办一批手续，分别由连队干部负责带领走一批，争取一个不留，全部早日退役，安全返乡。

自从传达中央对首批工役制工人“从哪里来，回哪里去”的命令后，一部分同志选择到武定团部打探消息、来往于各连队；还有一部分同志无所事事，持观望态度。同时，炊事班同志的思想也发生了变化，他们长年累月忙碌工作，此时也想轻松轻松，几个同志撂挑子不想干了。我和连长、指导员发现这一情况后，就商量着要做好炊事员的工作，而这一工作由三排副排长王泽坤去做最合适。在这关键时刻，我找泽坤谈话后，他立即答应了，并表示一定要在云南工作的最后日子里，把伙食搞好。王泽坤和炊事班原班长古可修都是很有工作能力的同志，他们二人商量，在原炊事班的基础上，再配一些同志，增加力量，把人员分成两个小班两班倒。一时间，炊事班工作搞得红红火火，大家的思想工作也好做了。

1968 年元旦节前后，王泽坤、古可修 1 月 2 日向我反映，炊事班同志为了节日，辛苦了好几天，大家想集体出去走走，照张合影留个纪念。我当场表示同意，并说：“待我给连长、指导员汇报一下，明天我陪大家一起到武定、禄劝逛逛。”1 月 3 日早饭后，炊事班全体同志更换

1968年1月，在云南禄劝县第三段国防工程期间，炊事班一线同志在县城合影留念。前排从右至左：孙传由、杨崇芳、陈永明、石照来、董庆合、杨松三、孙增言，后排从右至左：闫少良、陈永先、马富清、江宗汉、王泽坤、郭富治、古可修

服装完毕，我带领他们一路欢声一路说笑，逛了武定逛禄劝，大家兴高采烈，快乐无比。中午，在禄劝县城一个国营照相馆，全体同志一起照了个合影像。照相馆的同志问："照片上面写什么字？"有人说："写上炊事班全体同志合影吧！"有的说："写上云南昆明留念！"我觉得不妥，就提议写上"为人民服务"，然后写上时间"1968年元旦"，表示在特殊复杂的环境下，同志们都能坚守工作岗位，尽职尽责，为人民服务。就这样，这张写有

"为人民服务"字样的合影照片就诞生了。

1968年初的一天，武定中学门口突然贴出"十四花鬃万里马"的大字报。这张大字报主要以马攻击公路十团和首批工役制工人。大字报的文辞写得很好，看样子是一位学识渊博的文学老师所写，主要内容以花鬃马论十团，花鬃即不正宗之意，意为首批工役制工人不是正规军，而是杂牌队伍。大致议题分三个部分：1. 大字报所写花鬃万里马，从万里遥远而来，是云南的山水粮草养肥了它，而它在云南的大地上狂奔乱跑，有害于云南人民。2. 花鬃万里马到处乱窜乱跳，忘记了云南人民，忘记了谁养肥了它。3. 来时云南人民欢迎它，现在它改变了马的性能，云南人民不欢迎它，让它快回老家吧！公路十团的同志看到这份大字报，都十分气愤。十团的同志还了一张大字报，贴在武定中学大字报的对面，名为："五杯杂酒醉白曲。"大字报文辞精练，阐述首批工役制是国家的首创，是党中央、毛主席派来的队伍，负责修筑国防公路，支援越南人民反帝的正义斗争，造福了云南人民；武定中学极少数人思想反动，别有用心地写了"十匹花鬃万里马"的大字报，他们饮醉了旧世贵族的杂酒，同社会主义革命和建设公开唱反调，披上红色的外衣，赤膊上阵，拼命地丑化工人阶级和广大人民群众，用心何其毒也；用四条义正词严的理论和实践批驳了武中的“十四花鬃万里马”的大字报，使十团的同志消了点气。

中央命令下达后，三连召开了多次退役动员大会。连队干部、班排干部，分单位、包人员做了退役工作。总的来说，退役工作比较顺利，1968 年春节后，退役一批，35 人，由朱宝学连长、何培信医生带队返乡。4 月底退役三批，102 人，由指导员李天增、罗永太、潘兴武同志分别带队返乡。在当时的形势下，退役时只发了路费，退役费、生产生活安置费、边防野外作业补助费、伤残生活补助费等各种应发的费用均没发，说是返乡后补发。

其余的 61 名同志却坚决要留在云南工作。不少人经常奔走在武定到昆明的路上。在连队的同志，每天到武定县城或各连队走走逛逛。连队的干部已分别退役 5 人，仅有我一人主持这特殊阶段的工作。这段时间任务复杂繁重，退役人员一批批开始返乡，我想到，在大多数同志退役后，这里的工作会更艰难。于是，我与李天增商议，留下文书李永炎、三排副排长王泽坤陪我到最后一批返乡，三人可形成核心，互相依托，应对紧急情况，便于决策问题。我们三人建立了临时党小组，我为组长，各有分工，齐心协力，发动群众，让同志们认清形势，知道利害关系，积极做好余下同志的思想疏导和退役工作。我们考虑到，做好退役工作首先要稳住同志们的思想，把去昆明造反的同志尽快拉回连队。昆明武斗形势紧张，万一参加武斗造成死伤，我们不好向党和人民交代，也不好向家乡父老交代，更不利于云南省的形势发展。在这思想乱如麻、人心浮动的特殊时期，我们决定由党小组成员王泽坤同志继续抓好后勤生活，让大家吃好饭，在稳定的生活中做思想工作。李永炎同志负责思想教育工作，举办大、小谈心会，教育大家要认清形势、识时务、顾大局，坚决服从中央命令，听毛主席的话，尽快退役返乡。经过一段的艰苦工作，原在昆明造反的40多人陆续回来了30多，连队的形势越来越稳固。

正当去昆明造反的同志陆续返回连队时，从武定县文革炮兵团不断传来武定另一派人员正在预谋，计划血袭三连的行动计划，让三连同志做好准备，以防突袭伤亡。我觉得，三连的同志在武定没有什么违纪和伤害当地群众之处，不会发生武斗血袭事件，对同志们仅开了个会，传达了武定县另一派组织要血袭三连的消息，让同志们自查前段时间是否有违纪行为，加强和当地群众的密切关系，静观事态变化，并做好安全防范工作。

之后几天，血袭三连的风声越来越紧，山雨欲来风满楼，并传说血袭时间在近几日的夜晚。造反派组织有100多人，可能乘汽车突然来袭。根据这些情报，我静观事态变化，仔细辨别真假，认为不得不防患于未然。我立即召开了党小组会议，分析查找原因，拿出预防方案，做到万无一失。在分析原因时，有同志提出，工程结束后，中央下达了退役命令，同志们到处乱走，是否有损害群众利益、违犯群众纪律的地方？还有，是否与武定中学辩论的大字报引发的仇恨有关？考虑到前段时间去昆明的同志比较多，是否有人参加武斗，伤害了一方的群众？或者他们认准是十团三连的人，来寻机报复？对事件起因和可能要发生的事的思考，一时间似一块浓浓的阴云笼罩在三连的上空。又经过进一步分析，大家共同认为，云南两派的斗争形势变化，两派矛盾重重，武斗不断发生，这应是另一派群众蓄意撵工役制工人尽早离开云南、退役返乡的虚攻信号。

最后，党小组决定，不管血袭三连的情报虚实，一定要做好预防工作。最后我讲了三条意见：1. 提高警惕，防患于未然。既然血袭三连的阴风越刮越紧，同志们要紧防血袭。每人准备一个钢筋棍或木棍，以作防卫武器。2. 避其锋芒，退而不打。如遇来袭，全连同志就穿越公路，去往和尚村，依狮山居高临下，静观待变。因为来突袭者都是阶级兄弟，他们进攻的话，我负责与来者对话，以求和解化干戈。3. 加强岗哨，提前防控。三连驻地是兵家所忌之地。驻地之上是一条公路，若攻取可以从公路居高临下围而击之，下面是条河，又无迂回掩体之地。为加强安全防范，要增加哨兵的力量。除固定哨外，连队再增加一处瞭望哨。瞭望哨设在红土田大弯道的制高点上。大弯道与来连队的直道距离约 2 千米，制高点距连队距离约 0. 5 千米。夜晚，若发现突袭车辆以灯光环绕三下的信号通知固定岗，固定岗要报告带班长，然后紧急集合，穿越公路，全部转移到和尚村狮山制高点，选择有利地形，集合待命，准备迎战。

这三条意见永炎和泽坤都表示同意。当天下午，我们召开了全体人员会议，部署了预防血袭的方案。永炎和几个班长具体安排了两个瞭望岗哨，要求哨兵要沉着冷静、机警果断，发现问题立即报告，也就值班中的注意事项作了详细安排。

经过三个晚上的设岗布哨，大家仅发现三辆带棚的可疑车，经盘查，属货运车辆。第四天，我和文书李永炎到武定县武装部见一位副部长和参谋，向他们汇报了情况，请武装部领导和同志查实，以防恶性事件发生。副部长当场表态，马上开展调查，并嘱咐我们加强防控。

当时，驻地农民正值春收季节，为加强和当地群众的关系，从武定县武装部回来的路上，我思考着，今晚撤销岗哨，让大家休息好，明天分班到驻地附近的几个村庄帮农民收割，与周围群众建立新的工农关系。这也是伟大领袖毛主席一贯倡导的“联系群众，和群众打成一片”的教导。回连队后，我召集党小组会议，谈了我的想法和下一步的工作思路，大家都赞成我的想法和决定。第二天吃过早饭后，永炎同志下达了各班到附近村庄助收的任务。同志们心领神会，个个心情舒畅地走向了帮助农民春收的战场。仅用三天时间，大家就帮助附近村民收割完毕，村民们赞不绝口。

联系群众的桥梁搭起来了，同志们的心情也畅快了。

在防备血袭三连的日子里，同志们经受了一场让人提心吊胆的考验。越是在这样特殊斗争的环境中，大家越要团结一心，听命令、守纪律。

1968 年 5 月初，经过细致的思想工作，在连队的 49

名同志大都愿意退役返乡。到昆明造反的还有12名同志，我同党小组的永炎、泽坤商量，到昆明去做最后一批同志的退役思想工作，并看望了解在昆明的12名同志近期的活动及思想情况，劝他们近日随大队退役，争取尽快全部办理手续，退役返乡。永炎、泽坤负责日常工作，代理材料员王树林把单位的工具、家具器械、物品分类归拢、入库管理。5月5日，我只身去昆明，寻找、看望同志们。到昆明西站下车后，我四处打探寻找，却不见同志们的踪影，又到公路工程局查找，也不见人。最后，我只好到交通厅找吴兴州军代表查明情况。军代表听后十分重视此事，立即拿起电话联系。经查询，三四个单位都没有十团三连的同志，但这几个单位都提供了信息，建议联系“前哨”群众组织。吴代表拨了几次“前哨”的电话，都没接通。时间已近晚上6点，吴代表说：“看样子你们的同志住在‘前哨’，‘前哨’比较复杂，是一派武斗的指挥所。现在昆明武斗还经常发生，有时公交车等经常在路上中断交通，你自己行动很不方便，有危险。今晚你就住在这里，明天我派一名军人护送你到‘前哨’。”天色已近黄昏，我只好听从吴代表的安排。

第二天早饭后，吴代表派一名年轻的军人，将我护送到“前哨”，并见到了“前哨”司令。我向他表明了连队十分挂念在这里的同志，派我前来看望他们的来意，司令一听我是北方口音，对我非常客气，老乡长老乡短地叙起家常事。他谈了昆明的形势，并对我来看望同志们表示感谢！他立即派人找到我连的张培忠、闫广仁同志。同志们陆续到来，我起身向司令告别并表示感谢！司令握着我的手说：“上午我单独请你吃饭。”我说：“不必了，你很忙，我和同志们在一起吃就行。”

午饭后，我继续介绍连队退役情况，并重点讲明：“首批工役制工人退役，是党中央、毛主席的命令，我们必须执行毛主席革命路线，这是大局，我们的同志必须顾大局。现在中央退役命令已下，又处在非常时期，云南形势这么复杂，谁敢违背中央命令给我们安排工作？造反是没有用的，同志们仔细想想，是不是这个道理？河南的家乡人民听说云南不断发生武斗，亲人们都非常挂念！”说着，我随即把四五个同志的家信给他们：“同志们好好想一想，自己拿定主意吧。”

而后，我同张松林、王长修两位同志一起外出走走，聊一聊近段时间各自发生的一些事情。对于其他同志，下午再个别交谈。

张松林、王长修两位同志原先都是连队骨干，任职班长，也有较高的思想觉悟。我想通过他们以较快的速度和时间，做好大家的思想工作，一起归队。我首先单刀直入地问："你们俩是归队还是想继续留在这里？"他们俩迅速回答："坚决归队！""那好，咱们算一个工作组吧，分别去做同志们的思想工作！"事不宜迟，下午就展开工作。"这样，你们俩每人包3个同志。争取今晚看到效果，明天能回连队多少就回多少。至于愿意归队的同志如何脱离'前哨'一事，明天起床后，先悄悄整理好自己的物品，保持镇静。吃过早饭后，利用单独或两人外出的办法，以上街办事购物为由，若无其事地说说笑笑，悠然自在地走出'前哨'大门，然后大家到昆明西站会合，据情况安排乘车归队。"

商定后，我们回"前哨"住处。按照分工，分别做工作。我的任务比较重，单独谈话做工作一直到深夜11时，然而功效也是最小的，6人中仅有1人表示愿意归队。

第二天早饭后，我和长修同志率先离开"前哨"，然后陆续走出"前哨"赶往昆明西站。松林同志带1名同志最后到达，前后总计7人来到车站，乘10点的班车回武定县，顺利归队。

第八章　别了云南，我们的第二故乡

1968 年 5 月 7 日下午，昆明回来的同志和在连队的 49 名同志会合了。晚上，负责大家生活的泽坤同志让炊事班加了两道菜，对归队同志们表示欢迎，为他们接风洗尘。

5 月 9 日，为同志们办退役手续的时候，传来喜讯，鹿邑县民政局吴喜坦同志、指导员李天增、十一班班长丁文彬三人不远万里，从河南老家重返连队。顿时，我觉得欣喜若狂，高兴地蹦起来，和他们一一握手拥抱，同志们闻讯，也都跑出来迎接他们。

在队部办公室，指导员和吴喜坦首先说明了他们重返连队的目的。原来，指导员李天增和朱连长都提前退役后，却常听到云南武斗的消息，很是挂念。考虑到留守干部只有我一个人，又比较年轻，60 多名同志还没有退役，不仅要做好管理工作，还要做深入细致的思想政治和心理疏导工作，在这样复杂的斗争面前，万一有啥闪失，如何向党和家乡父老乡亲交代？因此，指导员就主动请示县革委会领导，同民政局干部一起重返连队协助做退役工作。

我将近期全部工作向指导员、民政局干部作了汇报。目前，在昆明造反的还有5人，做不通思想工作。现在连队的66人全部同意执行中央命令，正在办退役手续，准备购买火车票退役返乡。听到这些情况，他们心里踏实了许多。

“在昆明‘前哨’造反的12人，回来7人，剩余5人坚决反对云南省委的决定，绝不动摇，不退役！我把这几个人交给连队‘文革’副组长闫广仁具体负责，并与他约法三章，管好这几位同志，不准私自外出活动，不准单独搞串联，不准参加任何形式的武斗，如参加武斗和外出活动，发生意外伤残，要向副组长闫广仁问责。”指导员他们听后，心石已落，都感到很满意。

中午，王泽坤特别增加了四个菜、两瓶酒，为指导员和家乡派来的亲人一行三人接风。

午饭后，李永炎汇报了在团部办退役手续的情况：“前段时间，因昆明武斗形势紧张，团政治部、后勤部的退役路费资金拨付不到位。现在资金已到，正在办理，我连这批退役同志的手续两天就可办完。”关于退役返乡的具体时间和购买火车票的事由大家商量，指导员则提出建议：“购买火车票由丁文彬负责，找老乡王典明办理，典明在昆明住了十几年了，对昆明的情况很熟悉，买火车票更没问题！”丁文彬说：“好的，这事我去办。”指导员说：“现在是非常时期，火车运行很不正常，能提前就提前买。”

晚餐后，永炎按计划把全体同志召集在第一栋工人宿舍，欢迎吴喜坦、李天增、丁文彬 3 位从老家鹿邑县来的同志。当我领他们走进宿舍时，全场响起热烈的掌声。“同志们，我们来到云南已近 3 年，除 1966 年元旦河南省慰问团的到来以外，今天老家鹿邑县县革委又派来了以吴喜坦为代表的慰问组，他们在非常复杂的情况下，带着全县人民的关爱和牵挂，不远万里来看望和慰问大家，让我们以热烈的掌声表示欢迎！”

吴喜坦同志主要讲了老家鹿邑县的形势，还有家乡父老对在座亲人的牵肠挂肚，白发父母盼子回，妻望星月思夫归，一天不归泪涟涟的动人景象。虽然言语不多，却非常动人，打在同志们的心窝上，很多同志落下眼泪。吴喜坦同志说："为此，县革委派我们来看望慰问你们，来接同志们退役回老家去，家乡和家乡的亲人更需要你们。"

接着，老领导李天增指导员讲话："我和朱连长提前带一批同志退役了。在这复杂的形势下，留下少良和在座的同志们，我们作为连队的主要领导，确实有失误，对不起大家！"说到这里，指导员声音低沉，两眼热泪盈眶！"挂念同志们，想念你们呀！"稍停了一下，指导员继续说："回到老家县城我很少出门，更不敢上大街，怕见到老同志，他们都知道我是首批工役制工人的领导，从云南回来了，怕他们问到武斗和你们的情况。一想起来，我就心惊肉跳，神志不安，因为日夜牵挂你们，所以吃不下饭，睡不好觉，有时还会做噩梦，唯恐同志们出啥事。"指导员慢声细语地向同志们诉说着心里话，同志们洗耳恭听，非常感动。

"我们奉党中央命令，来云南修筑国防公路，预定期3年，现已快3年了。近3年来，大家在这3段公路工程的施工过程中，没少吃苦受累，不分昼夜地苦干，提前半年多完成了党中央、国务院赋予我们的光荣任务。这些，云南各民族兄弟姐妹心里最清楚，云南的山山水水都是铁的见证。我们没有辜负党中央的命令，再也不用担心因公路不通，只能让伟大领袖毛主席骑着毛驴来看西南人民了。”

“去年，因提前完成筑路工程任务，中央下达了让首批工役制工人‘从哪里来，回哪里去’的退役命令，这是以毛主席为核心的党中央的命令，对退役命令不得有任何怀疑和不遵守的行为。听少良同志讲，在座的同志都同意退役了，这很好！但是，还有少数同志在认识上有些问题，说退役是强迫着退的，大家说这种思想对不对？”

大家异口同声：“不对！”

“这次我们受鹿邑县县革委的委派，重返云南。再过两天，同志们都要全部退役了，让我们以这样的方式告别第二故乡，重回老家参加社会主义建设，同志们有没有意见？”

全体同志齐声回答：“没有！我们一起重回老家。”

同志们紧张有序地办理好退役手续后，开始整理行装、购买返乡车票。代理材料员王树林对各种家具、机械等物品重新进行整理，登记造册，准备移交。我同指导员、吴喜坦同志一起走访告别了驻地河两岸两个大队的干部和部分社员，听取了他们对连队的意见，共同畅谈工农互帮互学建立起的深情厚谊。

1968 年 5 月 13 日，是我们离开武定县退役返乡的日子。早晨 6 点前同志们都用完早餐，把厨房的公物洗刷好了。最后，我们又各自整理好自己的行装，等着总队来车接我们到昆明。我们离开和尚村的消息，传得很快，全村人和附近大队的群众不到 7 点就陆续赶来欢送我们。8 点左右，总队派来接我们的车到了。首先，王树林负责同总队接收物资的同志联络，打开所有的房门，将已经登记造册的家具、机械等物品和两处工棚逐项进行移交。

送别的群众越来越多，男女老幼挤满了打谷场。年轻人帮着搬箱子、提行李，把同志们送到车上。几个白发苍苍的大伯、大娘依依不舍地把我们送到车上，含着眼泪说："孩子们！你们辛苦了！希望你们再回来，能为我们修更宽的路，建更好的桥！"汽车开动了，同志们眼含热泪与各族人民群众挥手告别。

《关山情阙》

关山起舞水调歌，凝望山水情限多。
三年风雨结同心，一朝相别蒙泪河。
当歌未歌鸟儿去，当舞不舞云儿落。
斩关祝捷常开宴，杯杯美酒枯层格。
愿将快乐献母亲，祖国强盛我自乐。

依依相别逢歧路，留得足迹报情阙。

中午12点多，车到达昆明火车站。

14点40分，火车启动，离开昆明，运行数日，经柳州入京广线缓缓北上。

5月19日下午，火车到达漯河。

5月20日早饭后，周口地区民政局派来迎接的3辆车到了。

当天，吴喜坦与退役返乡的同志们一起安全、顺利地回到了阔别3年的家乡。

后记

人生应该是从艰难的生活斗争中磨炼成长起来的，社会和大自然是最公正的，只有磨炼奋斗才能前进。2000年，将要退休的时候，我思绪万千，经常回忆着伟大领袖毛主席领导的共产党出生入死，血染神州，为我们缔造和创建新中国的年代。再回首，感恩不尽，想着晚年一定要为国家、社会、后人留下点有教益的东西。

我自幼喜爱文学，一直想写点东西，但由于文化水平较低，没有创作的条件。因此，我下定刻苦学习的决心，抱定十年磨一剑的意志，坚持自学中国古代文学、近代文学、现代文学……为实现文学创作梦而努力。

2001年退休后，我与体弱多病的妻子和几个妹妹一起赡养并精心护理年迈的父母，边尽孝边抽空读书学习。十余年后，近百岁的父母先后离世。2015年秋，一生忙碌操劳又体弱多病的妻子也撒手而去。痛定之后，我静下心来，回到晚年追梦的状态，开始为自己以前立下的心愿行动。初始，我写了关于美、英发动伊拉克战争的评论文章《战祸》，还整理了工作期间写下的与工作有关的大量诗稿。2017 年秋至 2019 年春，我断断续续用时 18 个月，写就了《情驻关山》一书，记录我在云南服役 3 年与战友一起修筑国防公路的历程。

该书的问世，凝聚了大家的心血和智慧。初稿形成时，修筑国防公路一事已过半个多世纪，家乡鹿邑县和我同期服役的 6 名连队干部中，仅我一人在世，8 名正、副排长也仅有一人在世。200 名工役制工人中如今还在世的也仅有 67 人。时间、记忆随着历史的变迁和人员的离去一点点流失和磨灭。为了找回当年的历史场景，扩大记忆线索，取得更多、更翔实的第一手材料，我先后辗转鹿邑县城区、赵村乡、试量乡、辛集镇等在世战友比较集中的地方，走访、召开老战友座谈会 6 次，电话咨询、采访落实材料内容 60 多次。为了更进一步地落实战地医院的历史材料，我又先后两次到开封市中心医院寻访当年的老战友，以座谈会的形式，收集文字资料和珍贵的历史照片。在文字写作整理过程中，得到了甥儿段向阳、儿子闫国策、女儿闫国荣、孙女段映彤等晚辈的大力协助。

此书的问世，是对历史的还原，对记忆的整理，对十团三连和十团医院广大战友的告慰，更是对共和国历史上首批工役制工人，也是最后一批工役制工人修筑国防公路的最好纪念。希望人民不会忘记他们，希望国家不会忘记这段历史。致敬伟大的工役制工人们！致敬我的战友！

在此书的出版的过程中，得到了周口市文化局局长凌全贞的重视、关心和支持以及鼓励和鞭策，得到了周口市作协王相勤主席的亲切指导，并提出了编修意见。经作协副主席、秘书长雷中杰同志数月的精心修改，终成此书。同时，此书还得到了老领导李龙福、米景忠等诸多同志和战友的关心、支持与精心修改斧正，在此一并表示衷心的感谢！

闫少良

2019 年 10 月

图书在版编目（CIP）数据

情驻关山 / 闫少良著 .—北京：中国工人出版社，2021.8
ISBN 978-7-5008-7703-5

Ⅰ.①情… Ⅱ.①闫… Ⅲ.①纪实文学—中国—当代 Ⅳ.①I25

中国版本图书馆 CIP 数据核字（2021）第 152628 号

情驻关山

出 版 人　王娇萍
责任编辑　赵晨羽　黄冰凌
责任印制　栾征宇
出版发行　中国工人出版社
地　　址　北京市东城区鼓楼外大街45号　邮编：100120
网　　址　http://www.wp-china.com
电　　话　（010）62005043（总编室）
　　　　　（010）62005039（印制管理中心）
　　　　　（010）62382916（工会与劳动关系分社）
发行热线　（010）82029051　62383056
经　　销　各地书店
印　　刷　北京美图印务有限公司
开　　本　787毫米×1092毫米　1/32
印　　张　6.375
字　　数　110千字
版　　次　2021年9月第1版　2021年9月第1次印刷
定　　价　42.00元

本书如有破损、缺页、装订错误，请与本社印制管理中心联系更换
版权所有　侵权必究